大姫と義高

奥沢拓

文芸社

目次

版画「野菊と三日月」 奥沢 拓・作

「大姫と義高」

平安末期、寿永に入った頃、「平氏にあらずんば人にあらず」と豪語した平氏も、さすがにその権勢にはかげりが見えはじめていた。平氏の大黒柱平清盛は熱病に倒れ、すでにその63年の生涯を閉じていた。その2年前には清盛の嫡男で平氏の人々の信頼も厚かった平重盛も42歳の若さで病没していた。一方、朝廷の中心には後白河法皇が長く居座っており、平氏や源氏をなんとか裏でうまく操ろうと企んでいた。

この頃、全国は大ざっぱにいうと、源頼朝、木曽義仲、平氏の三大勢力が拮抗《きっこう》していた。平氏は京を中心に西国にはまだ強大な支配権を有していたが、鎌倉を中心とした関東一円は源頼朝の、また信濃を中心に越前、越後などは木曽義仲の支配下に入っていた。木曽義仲は木曽で育ったので通称そうよばれるが、源頼朝と同じく源氏の一門で正式には源義仲である。頼朝の父源義朝は義仲の父源義賢《よしかた》の兄だから頼朝と義仲は従兄弟《いとこ》同士ということになる。だが、頼朝と義仲の間には父親の代からの宿怨《しゅくえん》があった。義賢は義仲がまだ乳飲み児の頃、領地争いがもとで義朝の嫡男義平に殺されていた。そしていま、頼朝と義仲の両勢力は千曲川をはさみ、にらみ合いの状況が続いていた。平氏は以前より衰えたとはいえ、まだまだ底力を秘めている。頼朝と義仲はともに源氏の雄、過去にいかなる事情があるとはいえ、手を握らねば強敵平氏を倒すことはできない。頼朝と義仲はついに和睦《わぼく》することにした。

寿永2年（1183）3月、木曽義仲の嫡男義高は、源頼朝の長女大姫《おおひめ》の許婚者《いいなずけ》として鎌倉へ送られることになった。体《てい》の良い人質である。時に義高11歳、大姫はわずかに6歳であった。

春の日がゆっくりと山の端へ落ちかかる頃、まだ蕾《つぼみ》の堅い桜並木の街道を鎌倉へと急ぐ一行があった。木曽義高主従十数名の一行である。薄暗くなった頃、一行はやっと源頼朝の居所鎌倉御所へ到着した。木曽義仲の重臣吉成則光がこの一行の総責任者だった。当年45歳の働き盛りである。則光の「お頼み申す」という大声で門は静かに開かれた。

義高たち一行はさっそく大広間へ通され頼朝へ目通りした。中央には頼朝が、その左脇には頼朝の妻北条政子が整然と座っている。また右脇には幼い大姫がちょこんと座っていた。大姫は周りの人々から、「お日さまから抜け出たような」と形容されるほど明るく活発な女の子だった。肌は小麦色に日焼けしていたが、そのためクリッとした黒目がちの瞳はよけい美しく際立って見え、笑うと真っ白い歯がこぼれた。その他、政子の父北条時政、その次男義時（嫡男はすでに戦死）、また有力な御家人たちがずらっと居並んでいた。政子は鋭い眼差しで一瞬義高を見た。

義高は入ってくると一礼し、頼朝の前に手をついた。

「源義仲の嫡男、源義高にございます」

義高は凛《りん》としたよく透る声で正式名をなのった。すぐ後ろでは則光が平伏していた。政子は義高の年少ながら堂々とした物言いと聡明そうな顔立ちに満足した。義高の口上を受け頼朝が口を開いた。

「わしが源頼朝だ。義高殿、木曽から遠路はるばるご苦労であった」

頼朝は平伏している義高へ、

「さ、顔を上げられよ、近う」

　義高は顔を上げ、立て膝で2、3歩頼朝のほうへ近寄った。頼朝は義高を見てふと誰かに似ていると思った。鋭い眉のあたり、またその顔立ちにはどこか面影があった。それが年少の頃の自分だと、頼朝はすぐに気づくことができなかった。遠いながらも血はつながっている。一方、義高は頼朝の鼻の下の八の字ひげを見て、残念ながら頼朝のほうが父義仲よりもずっと威厳があるように思った。立ち居振る舞いにもどこか気品のあるこの少年に頼朝も政子も好感を持ち安堵《あんど》した。弓も乗馬も少年としてはかなりの腕前だという。骨組みはまだ細いが、年の割に背は高くいずれはりっぱな若大将となるだろうと頼朝は頼もしく思った。人質とはいえ、いずれ何事もなければ愛娘の夫となる少年である。頼朝は一通りの義高の口上を聞いたあと言った。

「義高殿、大姫の許婚者《いいなずけ》としてこの鎌倉の地へ来たからには、わしを父ともまたこの政子を母とも思うがよい」

義高は「ハイ」と頷いた。ふと義高が政子のほうを見ると、政子は優しそうに微笑

んだ。頼朝は続けて、

「さ、奥の部屋でしばらく休まれよ。その間に祝宴の席を準備いたそう」

一方、大姫は義高を見て、少し年が離れすぎているのが気になっていた。「いくつ？」と聞かれれば「6つ」と答えるまだ幼い女の子である。大姫からみれば5歳年上の義高はかなり大きな男の子だった。

大姫がこの縁談の話を、頼朝と政子から聞かされたのはつい先日のことだった。

「えー!? 私はもう結婚するのですか？」

大姫は目をパチクリして言った。頼朝は、

「いや、実際に結婚するのはもっと大人になってからだが、将来夫婦《めおと》になる男の子が木曽からやって来るのだ」

政子も頼朝に口添えするように、

「その男の子はね、弓や乗馬もうまく、また年少ながら漢文の『論語』などもすらすら読みこなして」

大姫は少し疑わしげに政子を見つめた。

「何よりその男の子はかわいらしい品のある顔立ちで」

「父上や母上はその子を見たことがあるのですか？」

「いや、わしたちは実際に見たことはないが、そういう話なのだ」

頼朝は苦笑した。頼朝や政子が見たこともない少年をやたら褒《ほ》めあげるので、大姫は子ども心にも少し怪しく思った。だが、大姫は双六《すごろく》や蹴鞠《けまり》などをやって遊ぶのもほとんど大人たちとだけだったので、大きいとはいっても子どもが来るというのは何となく楽しみのような気もした。大姫は大きな不安と微《かす》かな期待を持って義高を待っていたのだった。

やがて半時ほど経ち、大広間で祝宴が始まった。正面の中央には、正装した大姫と義高が雛人形のようにかしこまり並んで座っていた。幼いとはいえ、今宵の主役はこの二人である。大姫の隣には頼朝が、義高の隣には政子が座った。鎌倉方と木曽方の双方から一通りの挨拶《あいさつ》や祝詞などが終わると、次に大姫は皆の視線を浴び少し緊張しながら、徳利《とっくり》で義高の盃になみなみと酒を注いだ。義高は慣れた手つきで受け、一気に飲み干した。次に、義高はその盃を大姫に渡し酒を注いだ。政子が側から「少しでよいから」と義高に注意した。大姫は少し酒を飲んでみた。初めてだったが甘くておいしかった。子ども用に甘い酒を用意させたのだった。大姫は子ども心にも酒とはおいしいものだと思い、また道理で大人たちが喜んで飲みたがるわけだと思った。膳には尾頭付きの鯛をはじめ、山海の珍味がたくさん並べられていた。その上、大姫と義高の膳には京からの高級な栗ようかんが数切れのっていた。大姫はごちそうがたくさん食べられるのは嬉しかったが、かしこまって座っていなければならないのが窮屈でいやだった。隣の義高を見ると、義高も窮屈そうにかしこまり神妙に食べていた。鼻すじの通った義高の横顔はさすがに御曹子と思わせるものがあった。だが一方、取り澄ましたような感じもして、大姫はこんな男の子と一緒に遊んでも、あまり面白くなさそうな気がした。

しだいに宴もたけなわとなり、大人たちは皆哄笑《こうしょう》しながら酒を酌《く》み交《か》わしている。時政は赭《あか》ら顔をますます赤くし豪快に飲み、頼朝と談笑していた。義時はきちんとした姿勢をくずさず盃を重ねている。大姫は一通り食べ終わると眠たくなってしまった。だが、大姫にも自分たちのためにこの宴が催されていることは分かっていたから、誰にも眠たくなったとは言い出せなかった。また大姫は退屈でもあった。義高とは何もしゃべることはないように思えた。大姫はついうとうとし、コックリしてハッとなり顔をあげた。大人たちは相変わらず楽しげに勝手に飲んでいた。大姫がふと横を見ると、義高と目が合った。その瞬間、義高はペロッと舌を出し寄り目にしてみせた。大姫はびっくりし慌ててすぐ前を向いた。この男の子はちょっとバカなのかもしれない、これは大変なことになったと大姫は思った。大姫はすっかり目が冴えてしまった。それでもまた気になって、大姫はおそるおそる窺うように義高のほうを見てみた。だが、義高はただその端正な横顔を見せているだけだった。

翌日、義高と大姫は鶴岡八幡宮で婚姻の儀を執り行った。一応形の上ではこれで婚姻が成立したわけである。義高が宮司の前で誓いの詞を読みあげた。大姫は政子から促され、宮司の言うことに時々「ハイ」と頷《うなず》くだけでよかった。しかし、その後も宮司の神への詞は延々と続いた。大姫は聞いているだけでいいかげんしびれを切らした。

それから2、3日経って一通りの儀式が終わると、やっと普通の日常生活ということになる。数日後には、吉成則光以下義高の従者たちは皆木曽へ帰ることになっていた。義高は昼前までは習字や漢文、昼食後からは弓や乗馬の稽古と定められた。習字や漢文はもちろん大姫も一緒である。大姫は一年ほど前から習字は習い始めていたが、漢文は初めてだった。義高と一緒に仲良く学べば効果も上がるだろうという政子の計らいだった。大姫は「何で私も⁉」と、文句を言ったが、政子に受け入れられるはずもなかった。

習字は御所に勤める女房の一人、藤尾の方が二人に教えた。藤尾は習字と横笛の名手で、その腕は両方とも鎌倉一といわれていた。合戦で夫を失い、またその忘れ形見の一人息子は一人で山へ山菜取りに行った際、飢えた落武者《おちむしゃ》たちに出会い食料をまきあげられたうえ殺されていた。以後、藤尾は天涯孤独の身となったが、つてを頼り鎌倉へやって来て、住み込みでこの御所に勤めるようになったのである。すでに初老の域に達していたが、その人柄を見込んで頼朝は藤尾を義高と大姫の世話役とした。義高は従者たちが帰ってしまえば一人になる。だから特に義高の面倒を見るよう頼朝は命じた。藤尾は命に代えても義高をお守りし、また将来りっぱな武将になるようお育てしましょうと頼朝に約束したのだった。

漢文は京都から来ている中年の公家が教えた。その公家は京で後白河法皇と折り合いが悪くなり、鎌倉へ来ていたのである。公家が『論語』を読み、義高と大姫がそのあとを声を出して続いた。最後に公家が内容を解説した。義高はすらすらと読みこなし、ある程度内容も理解していたが、大姫はまるでチンプンカンプンだった。大姫は内心こんな男の子など来ないほうがよかったのにとさえ思った。

その日の午後、大姫はやっと自由解放の身となったが、義高は乗馬の稽古である。爽快《そうかい》に馬を乗りこなしている義高を見て、頼朝は将来なかなか楽しみだと思った。大姫も初めは見ていたがすぐに飽きてしまい、その後は侍女たちと双六をやったりして遊んだ。その日の夕餉《ゆうげ》、大姫と義高は並んで座ったが、お互い同士は何もしゃべらなかった。

その夜、政子は頼朝と二人になったとき心配そうに言った。

「あの二人、なかなかしっくりいかないようですが」

頼朝は苦笑して言った。

「子どもとはいっても、お互い照れくさいのだろう。そう心配することはあるまい。

義高は武芸の素質があるばかりでなく、なかなかの貴公子。また大姫は我が子ながら将来美しい姫となる素質十分。あの二人、将来は人もうらやむ夫婦《めおと》となろう」

翌日の早朝、裏庭のほうが何やら騒々しかった。頼朝はいぶかしげに目を開けた。広大な邸の裏庭は桜や櫟《くぬぎ》など種々の樹々が生え、うっそうとした雑木林となっていた。その下で則光が大声で叫んでいる。

「若！　お下《お》りください。ここは木曽の山中ではございませんぞ」

義高が裏庭の木に登ったのである。それを則光が厠《かわや》（便所）へ行った帰りに見つけたのだった。元々木登りの好きな義高は、裏庭の樹々を見て、もう我慢できず今日こそは登ってやろうと、誰にも知られないよう早く起き出したのだった。義高は上のほうで枝から枝へひょいひょいと飛び移り、則光がいくら怒鳴ってもなかなか下りようとしなかった。だが、そのうち侍女や家人《けにん》ばかりでなく頼朝や政子も何事かと奥から出てきた。大姫も出てきて頼朝の寝巻きの袖《そで》にしっかりつかまっていた。藤尾は義高のその様子を見て、亡くなった我が子のことを思い出していた。義高のように元気で木登りの好きな男の子だった。殺害されたのは、ちょうど今の義高と同じ年頃だった。

義高もやっと大変なことになったと気づいたのか、スルスルと木から下りてきた。

その様子を目を丸くして見ていた大姫は、頼朝の寝巻きの袖を引いて言った。

「父上、あの子、サルみたい」

頼朝もさすがは「木曽の山猿」とよばれる義仲の子と思い苦笑いした。下りてきた義高はさすがにしおれた様子でうなだれている。則光は頼朝の手前もあり、義高を強く叱っておかねばと思った。

「若！　あと数日も経てば我々は皆引き揚げるというのに、こんなことでは……」

しばらく則光の説教があったが、ほどよいところで頼朝は則光を制して言った。

「まあ、それくらいでよかろう。木登りの巧みさは武芸一般にも通じよう。さすがは木曽殿の御子」

うなだれていた義高は、顔をあげ目を輝かせた。褒められたと思い嬉しかったのである。頼朝は付け加えた。

「だが、サルも木から落ちるという。大けがなどせぬよう気をつけよ」

その日の夕方、大姫が庭へ出ようと上がり框《かまち》から下りると、横から足に何かがぶつかった。見ると、それは蹴鞠《けまり》の鞠だった。振り向くと、庭の隅で義高が知らんぷりをして横を向いている。大姫はちょっと頬をふくらませたが、すぐにその鞠を思いきり義高のほうへ蹴飛ばした。少しずれたが、義高は走って鞠を受けとめヒョイと膝の上にのせ何回も弾ませた。あげくには後ろ足のかかとで蹴ってみせたりするのだった。その様子はなかなか様になっていて、大姫はつい見続けてしまった。義高は鞠を蹴りながら大姫のほうを見て、どんなもんだいというように得意げに笑った。

翌日の習字の稽古のときだった。大姫と義高は「孝」という字を何枚も書き続けていた。藤尾はやることを指示したあと、他の用で空けていた。大姫は黙って書き続けることに飽きてきた。また次には漢文の勉強が待っているのも憂鬱《ゆううつ》の種だった。突然「姫!」と、義高が呼んだ。大姫は振り向き、義高の顔を見て思わず「キャハハッ」と、声をあげ弾けるように笑った。義高は頼朝の真似をして、鼻の下に八の字ひげを描《か》いていた。義高も笑いながら大姫に近寄り「姫も」と、大姫の顔にもひげを描いた。大姫は近くの化粧箱から手鏡を取り出し、自分の顔を見た。義高も手鏡を覗き込み二人で頭をぶっつけ合い転げるように笑った。大姫は「義高さま、お顔を」と言い、今度は筆で義高の目の周りを黒くふちどった。大姫は義高の顔を見て「サルみたい」と言ってまた笑った。その時、いきなり障子がさっと開き藤尾が現れた。義高と大姫は顔を見合わせうなだれた。藤尾はあんぐりと口を開け二人を見ていたが、すぐにカラカラと大声で笑った。

やがて、吉成則光など義高の従者たちは皆木曽へ帰って行った。則光は義高がこの鎌倉の地で無事健やかに成長し、源氏の立派な若大将になることを祈った。

藤尾は大姫と義高に、時々横笛の吹き方を教えてくれるようになった。大姫は横笛に夢中になっていった。だが義高は笛は苦手で、のちには大姫が吹くのをただ聞くだけになった。大姫の横笛の腕前はめきめき上達していった。

そんなある日の午後、義高は大人たちには見つからぬよう、また裏庭の木に高く登っていた。義高は下にいる大姫に手を振って言った。

「姫！　海が見えます。海と空の境い目があんなにくっきりと。姫も登ってみては？」

大姫は義高を見上げて言った。

「けっこうです。私はサルではありません」

「私はサルですか?」

と言うと、義高は枝から枝へ、上から下へ、また下から上へと飛び移ってみせた。大姫は義高を見上げながら走って追いかけた。義高が大樹の向こうへ飛び移り急に見えなくなったと思うと、ドサッという物音とともに「ギャッ」という声が聞こえた。大姫が急いで向こう側へ行ってみると、義高は地にうつ伏せに倒れている。大姫は驚いて駆け寄った。

「義高さま……?」

と、声をかけてみたが、義高は全く動かなかった。大姫はおそるおそる「義高さま?」と、もう一度呼びかけ肩のあたりを揺さぶった。そのとたん義高は振り向きざま「ワッ!」と大声を出し、はね起きた。大姫は「キャッ!」と声をあげ後ろにひっくり返りそうになった。驚いている大姫を指さし、義高は手をたたいて笑った。大姫は頬をふくらませ、

「死んだふりなんかして。義高さまのバカバカ! もう、ぶっちゃうから」

逃げ回る義高の二の腕のあたりを思いきりたたいた。義高は「イタイ、イタイ」と、大げさに顔をしかめた。大姫は、ちょっとおませな口調でさらに言った。

「そんなことばかりしていると、もしものとき誰も本気で心配してくれませんよ」

大姫と義高は急速に馴染んでいった。それは傍《はた》から見ると仲の良い実の兄妹のように見えた。


何日か経って、義高と大姫は桜の木の割合低い枝に並んで腰かけ、夕陽にキラキラ光る鎌倉の海を見ていた。義高はチラと大姫のほうを見て突然言った。

「姫には何の悩みも苦しみもなくていいですね」

「！」

大姫は幼心《おさなごころ》にもカチンときた。

「私には何の悩みも苦しみもないとおっしゃるのですか？」

「では、何かあるのですか？」

大姫は義高を見つめ、きっぱりと言った。

「私にだって、深い悩みや苦しみはちゃんとあるのです」

「たとえば？」

「たとえば――」

と言いかけて、大姫はちょっとたじたじとなったが、

「そうそう、たとえば義高さまが来てからは私も一緒に漢文の勉強をしなければならなくなって本当はとてもメイワクしているのですよ！」

義高は「ハッハハ」と笑いとばし、

「そんなのは私の悩みや苦しみに比べれば、お日さまに蠟燭《ろうそく》、鯨にメダカです」

「え⁉」

大姫は義高がとても物知りらしいのに驚いた。義高はいいかげん言ってみただけだった。

「とても比べものにならないという喩《たと》えです」

だが、大姫も負けてはいなかった。

「それでは、義高さまにはどんな悩みや苦しみがあるとおっしゃるのですか？」

義高は暗い顔になり、下を向いて言った。

「本当の深い悩みや苦しみというのは、そう簡単に人に話せるものではありません。時には心にカギをかけ、心の奥深くしまっておくものなのかもわかりません」

「そんなの、ズルイ」

と、大姫は小さな口をとがらせた。義高はじっと遠くの海を見つめた。大姫が何かもっと言ってやろうと思ったとき、義高の頬をスーッと糸を引くようにひとすじの涙が伝った。大姫はびっくりした。

「義高さまが泣いている。男は泣かないものですよ」

それは日頃、頼朝がよく言っていることでもあった。義高は唇をかみしめ、

「姫、これは涙ではありません。目が汗をかいているのです。鎌倉の美しい海など見慣れないものを見て、きっと目が疲れたのでしょう」

大姫はきょとんとしたが、それからケタケタ笑った。義高も涙をにじませながら笑った。いつも明るく元気に振る舞ってはいるが、急に親と別れさせられ、この異郷の地で見知らぬ人たちと暮らすことになったのである。大姫もやっとそのことを思った。

「でも、義高さまは偉いと思います。私なんか、もし父上や母上と離れ離れにされたら、とても」

「でも、私はここに来て本当によかったと思っているのです。鎌倉の人たちは御所さまをはじめ皆良い人たちばかりで」

それから義高は大姫を見て言った。

「そして姫にも出会うことができたのです。私はさびしくなんかありません、さびしくなんか」

大姫はそっと義高の手の上に自分の手をおいた。大姫の手は小さく柔らかだった。義高の目から涙が溢《あふ》れた。大姫の目にも涙がにじんでいた。

その時、二人を探しにきた藤尾が草木の間から顔を出した。藤尾は大姫を見て目を丸くし、

「まあまあ、姫御前があられもない。姫！　若！　夕餉《ゆうげ》の時刻ですよ」

もうかなりうす暗くなってきていたが、義高は涙を見られまいと木の枝に足をかけ

クルッと逆さまになり、それでも「ハーイ!」と、元気よく声を出した。木から下りてきた義高は藤尾から顔をそむけ、また大姫はうつむくようにして藤尾の傍をすりぬけた。藤尾は二人の様子がいつもと少し違うので、「はて?」と首をひねった。

木曽義仲は源頼朝と和睦したあと、後顧の憂いなく京をめざした。加賀(石川)と越中(富山)の国境の砺波山《となみやま》で義仲軍は平氏の大軍と向かい合った。木曽の山野を駆けめぐって育った義仲は戦《いくさ》上手で、とりわけ奇襲戦法が得意だった。義仲は平氏軍を倶利伽羅《くりから》峠に誘い入れ、夜を待った。暗くなると義仲は、火のついた松明《たいまつ》を角に結びつけた牛の大群を鬨《とき》の声をあげながら敵陣に追い込んだ。大軍が攻めてきたと思った平氏軍は逃げまどい、その多くが谷に追い落とされた。俗にいう「火牛の戦法」である。義仲は平氏の大軍を打ち破り、北陸道を京へと向かった。

義仲軍が華々しく大勝利をおさめていることは程なく鎌倉にも伝わった。義高は自分が鎌倉に連れてこられたことも案外無駄ではなかったのだと思い嬉しかった。

戦勝の報《しら》せを聞いたあと、義高は喜んで「勝った！　勝った！」と、御所の裏の小高い丘の上を飛びはねた。大姫も「ワーイ、勝った！　勝った！」と、無邪気に喜んで義高のあとを追った。大姫も同じ源氏の義高の父義仲が戦《いくさ》に勝ったのなら、それは自分にとってもよいことに違いないと思い、心から嬉しかったのである。

義高と大姫が並んで草の上に寝そべるとツンと草いきれがした。寝転んでいる義高に白い蝶が止まった。義高と大姫はまた起き上がり蝶を追いかけた。蝶は二人をからかうように飛び、なかなかとらえることができなかったが、蝶が花に止まったとき、義高が素早くつかまえた。その白い蝶は義高の手の中でバタバタと暴れた。義高は指でつまんで、「ほら、姫」と大姫に手渡した。おそるおそるつまんだ大姫の指先で蝶は死に物狂いで暴れていた。何を思ったか、大姫はふいに手をかざし蝶を大空に放った。蝶はまた軽やかに舞い上がっていった。義高は不満げに言った。

「せっかくつかまえたのに」

「でも義高さま、逃がしてあげればまた一緒に遊べますよ」

大姫は「ねえ」と蝶によびかけ、また楽しそうに追いかけた。義高もまた蝶のあとを追った。

この頃の頼朝の実際的な仕事の中心は所領安堵《しょりょうあんど》だった。配下の御家人たちの土地をきちんとその者の所領であることを認め保証してやる。そのために正式な書類をつくり、自らの花押《かおう》を押した。また御家人たちの名簿をつくり、所有の田畑の数量などを記し、それを基にいざ戦の場合には軍役を割り当てた。

以前にはまだ関東にも頼朝を盟主として認めない豪族もいたが、この頃には頼朝は源氏の棟梁《とうりょう》また武士軍の総帥として広く皆から認められていた。頼朝を盟主として認めない豪族たちは頼朝によって滅ぼされた。初期の頃は頼朝自ら出陣したが、後《のち》には実戦は北条氏や三浦氏などの有力豪族に任せ、頼朝自身は後方から指示を出した。戦のあとの論功行賞が頼朝の主な仕事だった。頼朝は滅ぼした豪族の土地を手柄に応じ、できるだけ公平に褒美《ほうび》として分配した。

また、この頃でも御家人同士の領土をめぐる争いはあとを絶たず、その訴訟の裁決も頼朝の重要な仕事だった。頼朝は互いの言い分をよく聞き迅速《じんそく》に裁決し、御家人たちの信頼をかちとっていった。頼朝は実務能力に秀で、また政子は単なる補佐役以上で、頼朝の片腕といってよい存在だった。時政は頼朝の後ろ盾として隠然たる底力を持っていた。

また頼朝は外交的手腕もあり、朝廷側とのさまざまな交渉も武力を背景に武家側に有利に進めた。当時、農民はその収穫米を武家側と公家側との双方に納めねばならなかった。頼朝は朝廷側との駆け引きの中で、収穫米の取り分を公家側の分はできるだけ削り、武家側の分を多くしていった。

こうして頼朝は武士の支配を着々と全国に強めていったのである。

ある日の昼下がり、義高と大姫は縁側に二人並んで庭を見ていた。庭にはつがいのハトがクックと鳴き、仲むつまじそうにじゃれ合っていた。それを見て大姫は言った。

「義高さま、私たちはいつか大人になったら夫婦《めおと》になるのですね。私の父上や母上のようなあんな夫婦になりましょう」

頼朝と政子が手を携え何か大きな仕事をやろうとしているのは大姫にも多少はわか

った。そして、それは夫婦の理想像のようにも思えた。大姫は父頼朝のことを話したいと思った。

「私の父上はあんな顔をしていますが、本当はとても優しい方なのです」

頼朝はふだん峻厳な顔をくずしたことはなかったが、初めての女の子だということで頼朝の大姫に対する想いには特別なものがあった。他人《ひと》のいないときには大姫を膝に抱き、笑顔を見せることもあった。そんな時は頼朝も普通の父親と何ら変わりはなかった。大姫はそんなことを義高に話した。また祖父の北条時政も、叔父にあたる北条義時、源範頼、源義経も皆、頼朝と政子の初めての子だということで、大姫を特別かわいがっていた。範頼と義経は戦《いくさ》に出ていてほとんど鎌倉にいなかったが、それでも鎌倉に戻ったときなどには小さい大姫を抱っこしてくれた。範頼はひげ面のまま頬ずりし、くすぐったがる大姫をからかうのが好きだった。また小柄で端正な顔立ちの義経は優しい兄上という感じだった。

義高は自分も負けずに親の自慢をしたいと思った。

「たしかに御所さま（頼朝）も、御台《みだい》さま（政子）も立派な良い方にちがいありませんが、私の父上や母上だって」

義高は大姫に特に母巴《ともえ》のことを話してやろうと思った。

「私の母上が弓の名手なのは姫もモチロンご存じでしょうが……」

大姫は別に知らなかった。義高は弓や乗馬を巴から習ったのだった。

「戦のときは自ら父上と一緒に出陣し、馬上から敵の武将を何人も矢で射落としたことがあるのです」

「うそ？」

大姫は目を丸くした。政子も馬に乗ったり矢を射ったりと一通りはできるが、特に武芸に秀でているというわけではなかった。もっとも頼朝自身も特に武芸に秀でているというわけではない。頼朝と政子はともに政治家である。大姫はまじめな顔でたずねた。

「義高さまの母上は本当に女人《にょにん》なのですか？」

「ハッハハ」

義高は得意そうに笑った。

「モチロン女人です。子どもの頃から稽古を積み重ね鍛えていたのです。今は男だの、女だのと言っている時代ではないのです」

と、義高はちょっと偉そうに言った。

「姫ももう少し大きくなったら、私が弓でも乗馬でも教えたげますよ。そして大人になったら戦場に出て一緒に平氏と戦いましょう」

「私もですか?」

ちょっと考えてしまう大姫だったが、義高は「ええ」と、幸福そうに深く頷《うなず》いた。

夏になった。義高はふんどしひとつで鎌倉の海に大の字になり、あおむけに浮いていた。目の前には青く大きな空が限りなく拡がり、ところどころに綿のような白い雲がポカリポカリと浮かんでいた。義高は山育ちだったが、海もなかなかよいものだと思った。泳ぎは木曽の急流で、父義仲から直接教わっていたので、けっこう達者だった。泳ぎのあいまにアユを捕り木の枝に突き刺し焼いて食べたこともあった。

数名の若侍が近くの小舟に乗り警護に当たっていたが、いずれも泳ぎの達者な者たちばかりである。若侍は交代で海に飛び込み涼をとった。

どこからか澄んだ笛の音が聞こえてきていた。浜の松林の陰で大姫が藤尾から横笛の稽古を受けているのである。大姫は天賦の才があったのか、今では藤尾も驚くほど上達していた。大姫は笛を吹きながら前に洋々と広がる海を見て、自分の将来もこのように明るく広がっていくように思った。義高とは将来、自分の両親と同じように仲の良い夫婦になれそうな気がした。後ろには家人《けにん》の樺山実光《かばやまさねみつ》、結城信忠《ゆうきのぶただ》など数名が警護のため控えていた。実光と信忠はともに30代後半の屈強の鎌倉武士である。実光は大力の持ち主で戦のときには大きな太刀を振り回し、敵の武将からも恐れられていた。また信忠はその父の代からの首切り役で、罪人を処刑する際、一刀のもとに首を刎《は》ねた。

義高はプカリと海に浮かびながら、父義仲から鎌倉へ送ると告げられた晩のことを思い出していた。義仲も母の巴も急に頼朝や政子のことをよく言うようになっていた。頼朝は心の広い大人物、政子は親切な優しい女人。以前義仲は、頼朝は目的のためには手段を選ばない非情の独裁者、また巴は政子のことをヘビのような冷酷な女とまで言っていたのだった。その変わりように義高は何だかおかしかった。だが、義仲は最後に「どんなに温かく迎え入れられても決して心は許すなよ」と付け加えるのを忘れなかった。その晩、義高は数年ぶりに巴と同じ部屋に寝た。夜中、義高はふと目覚め暗闇にすすり泣いている巴の声を聞き、子ども心にも自分の宿命をしみじみ感じたのだった。

けれども、実際に鎌倉へ来てみると、鎌倉の人たちは心配するまでもなく頼朝や政子をはじめ皆良い人たちだった。頼朝も政子も義高に何かと気を遣い優しかった。二人とも大きな期待をかけてくれていることがひしひしと伝わってきて、義高は嬉しかった。それに藤尾の方は面倒見がよく、何かのときは頼れる存在と思えた。また、初めお高くとまっているように見えた大姫も、慣れてみればちょっとおませだがかわいい女の子だった。その顔立ちからいっても今に年頃になれば美しい女人になるのはまちがいないだろうと義高は思った。

「若！　もうそろそろ帰りましょう」

若侍の一人が義高へ呼びかけた。義高は振り向き手を振った。海の水が冷たくなってきていた。

ある日、大姫と義高は、万寿（頼朝の嫡男で後の二代将軍頼家）を間に3人で部屋で遊んでいた。やっと這い這いする万寿を大姫が「私が母ですよ」と言って抱き上げ頬ずりすると、万寿はキャッキャッと笑って喜んだ。義高はまた鼻の下に八の字ひげを描き万寿の顔を覗き込んで、

「わしが父じゃぞ、父上と言うてみよ」

などとしゃべりかけた。万寿は澄んだ瞳で義高を見つめ返した。義高はさらに言った。

「そなたも、わしのように強く立派な武将になるのじゃぞ。そしてわしら皆で手を携えあのゴクアクヒドーな平氏を打ち倒すのじゃ」

「義高さま、また平氏ですか?」

大姫が少し不満げに言った。

「だって姫、これはいつも御所さまが言っておられることではありませんか」

「だけど、こんな時まで戦の話など持ち出さなくとも」

義高は万寿を大姫から奪い取るようにして抱き上げ、

「そなたはどう思うのじゃ？　答えてみよ」

義高はわざといかめしい顔をして万寿に迫った。とたんに万寿は火のついたように泣き出してしまった。義高は「あっ」と口を開けた。義高の衣服が濡れていた。大姫はプッとふき出し、

「義高さまがつまらないことをおっしゃるから」


寿永2年（1183）7月、木曽義仲はついに京に入った。「木曽の山猿」といわれた義仲は今では「旭将軍」とよばれた。平氏一門は六波羅の邸に火をかけ、わずか6歳の安徳天皇を奉じて西海へ逃れた。その権謀術数から「大天狗」とよばれた後白河法皇は京に残った。後白河は義仲、頼朝、平氏の三者をうまく戦わせてお互いを疲弊させ、自分が実権を握ろうと謀《はか》っていた。

一方、頼朝にとっては平氏が義仲の前に敗れていくのは好都合ではあったが、義仲

があまりに強大な力を持ってしまうのはまた問題だった。血筋からいっても頼朝のほうが源氏の嫡流であり、また年齢も義仲よりかなり上である。天下人《てんかびと》たるに一番ふさわしいのは頼朝だとほとんど誰もがそう思っていた。だが、義仲が実力で平氏を追い出し京をおさえた今は、義仲のほうが優位に立ったともいえる。しかし、そういう状況のなか、天は義仲に味方しなかった。この年は雨が降らず、また冷夏でまれにみる不作の年となった。兵糧の調達に苦しんだ義仲軍は略奪に走り暴徒と化した。義仲軍は鎌倉軍とちがい寄せ集めの兵であったため統制がきかなかった。義仲は急速に京都民衆の支持を失っていった。

ちょうどその頃、後白河法皇から頼朝へ内密に義仲を倒すよう要請の文書が届いた。義仲は戦上手ではあっても、京の公家たちや後白河とうまくやっていけなかった。気位の高い公家たちの誇りを傷つける言動が多かったのである。また、これを機会にあわよくば後白河自身が漁夫の利を狙おうという思惑もあるにちがいない。それが読めない頼朝ではなかったが、この機会に義仲を打ち倒さねば自分が天下人にならずに終わってしまうことも考えられた。後白河が「大天狗」なら自分は「大狐」にも「大狸」にもなろうと頼朝は思った。

頼朝は範頼、義経の二人を総大将とする義仲追討軍を京へ派遣した。そしてついに寿永3年（1183）正月、義仲軍は宇治、勢多《せた》の戦いで鎌倉軍に敗れた。この時、重臣の吉成則光は戦死。義仲は敗走するところを粟津《あわづ》で殺害された。享年31歳。また巴御前は宇治、勢多の戦いの前に義仲と別れた。すでに命運の尽きるのを察した義仲は、一緒に戦って死のうという巴に生き延びて義高のことを見届けてほしいと説得したのである。

鎌倉軍が義仲軍を破ったという報せはほどなくして鎌倉へ伝わった。それは鎌倉方には吉報にちがいなかったが、義高の父義仲を滅ぼしたのであるから、今度は義高の処遇という大変な問題ができてしまった。頼朝は義高を自室へよんで、かんで含めるように静かに言った。頼朝の傍には政子が控えていた。

「義高、このたびの戦い、そなたには気の毒なことであった。木曽殿には京での乱暴、狼藉《ろうぜき》、また民への略奪など許しがたきこと多く、やむをえず討たせた。だが、そなたには何の罪、咎《とが》もなきこと。大姫の許婚者《いいなずけ》としてこれまでどおりの生活を続けるがよい。そなたの命は保証しよう」

「はい……」

義高は青い顔をしながら手をつき一礼した。命を保証すると言ったのは無論頼朝の本意ではない。一応ああ言って安心させ逃亡させないようにと思ったのである。だが、実際どうするか頼朝自身決断しかねていた。肩を落とし部屋から出て行く義高の後ろ姿に、頼朝は少年の頃の己《おのれ》の姿を見ていたのである。


今から20数年前、永暦元年（1160）のことである。少年の頼朝は京都六波羅の平清盛の邸の庭に引き出され、むしろの上に座らされていた。両手を後ろ手に縛られた頼朝は打ち首になるかもしれないと思うと震えが止まらなかった。濡れ縁の上に立った禿げ頭の清盛は大きな海坊主のように見えた。周りには平氏一門の重盛、頼盛など、また清盛の従者たちが固唾《かたず》をのんで見守っていた。清盛は静かだが、よく透る声で言った。

「面《おもて》をあげい」

頼朝はやっとの思いで顔をあげた。

「そなたが源義朝の三男頼朝か?」

お互い初対面である。義朝の嫡男義平、次男朝長はすでに戦死していた。

「はい」

頼朝はやや上ずった声で答えた。

「いくつになる?」

「先日やっと14に」

背たけは小さな大人並みに伸びているが、顔にはまだ幼さが残っていた。敷きつめられた白砂《しらすな》が冬の陽光を浴び頼朝の目を射った。清盛は続けた。

「このたびの戦ではそなたの父義朝方が敗れ、我がほうが勝利した。そなたも源氏の総大将源義朝の御子《おこ》なら覚悟はできておろうな?」

頼朝は下を向き答えることができなかった。

その時だった。

「お待ちなされ!」

清盛はハッとなり、振り返った。清盛の継母、池禅尼《いけのぜんに》だった。池禅尼は奥のほうから脱兎のごとく飛び出してくると、長い衣服をものともせずヒラリと濡れ縁から飛び下りた。年を感じさせない振る舞いに清盛は驚いた。尼は頼朝をかばうように白砂の上に座り、清盛の前に手をついた。

「清盛殿、この子の命を何とぞお助けあれ。見ればまだ年少の身。もう先も短いこの尼、たっての願いじゃ」

その話は昨夜も尼から聞かされ、一応のけりはついていた。この衆人環視の中で、再びむし返すことに尼の計算が見えているようで清盛は不快だった。尼は土下座し額を地につけんばかりにした。尼は昔、実子の家盛を病で亡くしていた。頼朝はその家盛と容姿、顔立ちが実によく似ていた。尼は頼朝の肩を抱き、

「さあ、そなたも一緒にお願いなされ」

頼朝も尼に促されるまま額を地につけた。ひょっとしたら助かるのではないかと思い、頼朝は必死だった。清盛は言った。

「継母上《ははうえ》、手を上げられよ。一時の情に流されては政《まつりごと》は行えません。我ら男の子《おこ》に

お任せあれ」

だが、尼は激しく首を振った。一度言い出したら、なかなかあとへはひかない気性だった。その時、傍から清盛の嫡男当年21歳の重盛が静かに口をはさんだ。

「父上。父上のお考えもありましょうが、尼御前に免じて頼朝の命、救ってやってはいかがかと」

「何⁉」

清盛は睨《にら》むように重盛を見た。重盛は事前に尼から相談を受け、尼に同意していたのだった。重盛はさらに続けた。

「少し前であれば、頼朝を生かしておくのははなはだ危険なことだったでしょう。しかし、今では平氏の天下は磐石なもの。また、仏教精神からいっても、できるだけ殺生は差し控えるのがよろしいかと」

「だが重盛。このようなときに命を助けるなどとは、かつて前例がないこと」

「これを前例とすればよいではありませんか。頼朝の命を助けることは父上の、ひいては平氏の寛大さを天下に示すこととともなりましょう」

「いや、安易な温情は時にはあとで仇《あだ》となり、はね返ってくるもの。危険な芽はやはり芽のうちに」

重盛の援護を受け元気づいた尼がまた口を開いた。

「清盛殿。この池の尼は御仏《みほとけ》に仕える身。こんな子どもの命を簡単に奪っては御仏は何とおぼしめすことか。この子は仏門へ下すか、遠方へ流せばよいではありませぬか」

その時、背後から鋭く声がかかった。

「母上！　お控えあれ」

凄まじい形相で平頼盛が立ち上がっていた。頼盛は尼の実子で清盛の異母弟になる。重盛より5つほど年上で、勇猛な武将として知られていた。

「母上、このようなことは平氏の棟梁清盛殿にお任せあれ。女だてらにさしでがましく」

「頼盛！　そなたごときが何を言う⁉」

尼は実子から反抗され、よけい頭に血が上った。頼盛はさらに続けた。

「頼朝は年少の身とはいえ、戦《いくさ》にも参加した由緒正しい血筋の武将、斬罪に処さなければ他の者への示しがつきません」

そして、頼盛は頼朝のほうを振り向いて言い放った。

「頼朝！　恥を知れ！　平氏に刃を向けたからには、敗北のときは死をも覚悟していたはず。いさぎよく死んでこそ武士の鑑《かがみ》ともなろう。おめおめ生き長らえるよりも、源氏の嫡流としての名誉を守り立派に死のうとは思わぬのか？」

さらに頼盛が激しく言い続けようとするのを清盛は目で制し、それから頼朝を見すえて言った。

「源頼朝、そなたに死罪を申しつける。かくなるうえは、その名を汚《けが》さぬよう立派な最期を遂げられよ。日取りは追って伝えよう。ひきたてい！」

観念したのか目を瞑《つむ》った頼朝を、従者二人が両側からグイとひき起こした。従者たちが頼朝をひきずるようにして2、3歩あゆみかけたとき、

「待たれい！」

背後から鋭い声がした。池禅尼である。尼は清盛のほうを振り返り、

「清盛殿！」

清盛は尼のほうを見て目を剥《む》いた。尼は懐剣を自分の喉《のど》に突きつけていた。

「この尼の一生一度の願いをきけぬというなら、この尼は死にまする」

周りで見ていた者たちは皆息をのんだ。清盛にはそれが芝居だとわかっていた。尼の一生一度の願いはすでに今まで何回かあった。だが、清盛も尼も、清盛が尼を殺せないことを知っていた。尼はさらに追い打ちをかけた。

「清盛殿！　この尼のたっての願いをきけぬのは、この尼が実の母ではない故《ゆえ》か!?」

清盛と池禅尼の視線が激しくぶつかり、一瞬火花が散ったかに見えた。清盛は急に狂ったように高笑いをした。清盛のこめかみの青筋が浮き立ち、その高笑いは六甲の山々をも揺り動かすかに思えた。皆が呆然として見守るなか、清盛は頼朝に言った。

「小童《こわっぱ》！　命は助かったぞ」

殺されずにすむとわかると、両の眼からぼろぼろと涙が溢《あふ》れ、頼朝はそれを止めることができなかった。清盛はこれが実の母であれば、決して折れはせぬものをと唇をかみしめた。

清盛が3歳のとき、実母が亡くなり、藤原宗子すなわち今の池禅尼が、父平忠盛の後妻となった。忠盛が亡くなったときに仏門に入り尼となったのである。池禅尼は清盛を実子同様親身になって世話をしてくれた。また清盛の実母は祇園の女御《にょうご》でいわば庶民の出だが、尼は藤原氏という名門の出だった。だから清盛の異母弟たちの誰かが忠盛の後を継いでもおかしくなかったのである。もちろん清盛の器量を見込んでのことではあるが、尼は清盛を忠盛の後継ぎにと強く押してくれたのだった。今日の清盛があるのは池禅尼のおかげだとも言えた。

ともかく、こうして頼朝は池禅尼の必死の命乞いのおかげで、その一命が助かったのである。

頼朝はなかなか義高の処遇を決断できなかった。義仲最期の報せが鎌倉へ届いてからすでに数十日が過ぎようとしていた。桜の蕾は開き始め、義高は12歳、大姫は7歳になっていた。

御所内には冷たい緊張感が流れていた。大人たちは皆、義高に気を遣い、それはひしひしと義高にも伝わってきた。頼朝や政子の義高に対する接し方も変わってきていた。頼朝の義高を見る眼差しはしだいに険しくなりいっそう近寄りがたくなった。一方、政子はますます優しくなった。政子は時々義高一人を自室へ呼び、甘い菓子とお茶などを御馳走しながら何かと優しい言葉をかけてくれるのだった。

義高はしだいに憂《うれ》いに沈むようになった。ある日、義高が縁側にぼんやり座っているのを見た大姫は、後ろからそっと近寄り、さっと目隠しをして「誰だ？」などとふざけてみた。すると義高は、

「姫、私はもうそんな子どもではありません」

と言って、大姫の手を静かにほどくのだった。だが、数日後また縁側に元気なく座っている義高へ、大姫は「義高さま」と呼びかけ、さらに義高を見つめ、ませた口調で言った。

「たとえ大人同士がどうであれ、私の気持ちは変わりませぬ。どんなことがあっても私は義高さまのお味方です」

それには義高もフッと久しぶりに微笑んだ。大姫にとってはいかなる理由があって

も、同じ源氏の範頼や義経が義高の父義仲を討つなどというのは許しがたいことだった。ましてや命令を下しているのは自分の父頼朝である。

ある夜、頼朝は政子とともに裏庭に出て、こうこうと照る満月の下、開き始めた桜の花を見ていた。頼朝はその夜桜を見ながら考えていた。自分が今日あるは平氏によって命を助けられたからだ。そして、それゆえにいま平氏を倒そうとしている。山猿の子も子どもの頃はかわいいが、成長すれば牙を剥《む》いてかかってこないとも限らない。義高は何も頼朝個人にとって危険というわけではない。何年後かにすでに自分がこの世にいなくなっていたとしても、義高の義仲ゆずりの優れた武将としての資質をみれば、この鎌倉全体に対して危険な人物となるのは火を見るより明らかだった。先日には北条時政、義時の父子から義高を早く処分するよう直接申し入れがあった。時政は情に流されては政《まつりごと》は行えませぬと強く主張した。時政の後ろには無言で義時がじっと控えていた。

頼朝は政子に言った。

「桜の花はパッと咲きパッと散る。わしも14歳で散るはずの命だった。確かに短い命は珠玉のように美しく見える。だが、生き長らえてみればそれなりに……」

政子は言った。

「義高の処遇のことでございますか?」

頼朝は黙って満月を見ている。

「ただ、ご自分の思ったようにおやりなさいませ。やるべきことをやらずにあとで後悔なさいますなよ」

頼朝は一瞬の間《ま》の後《のち》、

「明朝、腕のたつ者に始末させよう」

頼朝、苦渋の決断だった。成り行きとはいえ何の罪、咎《とが》もない少年の命を奪おうとしている自分を、頼朝はつくづく何とも罪深い男だと思った。政子は頼朝を見つめ、

「くれぐれも大姫には気取られぬよう」

頼朝は頷いた。

だが、この頼朝と政子の話を障子の陰で聞いていた者があった。藤尾の方である。

藤尾はあのあと人知れず頼朝の様子を窺《うかが》っていたが、政子が一緒のときは特に注意

していたのである。もしもの時は、義高を逃がそうと決意し準備していた。藤尾はすでに自分にはもう棄てるべきものは何もない、義高の命を救うことに自分の全てを賭けてみようと思ったのだった。また、男たちが殺し合いに命を賭けるなら、女人の身の自分が人の命を救うことに命を賭けるのも悪くはないと思った。藤尾は覚悟を決めた。義高の衣服は立派すぎて目立ちやすい。藤尾は何十年も前に亡くなった一人息子の直垂《ひたたれ》（当時の若者のふだん着）を大切にとっておいた。藤尾は部屋に戻るとその直垂を取り出し、胸に抱きしめしばらく目を閉じた。

藤尾はすぐに隣の部屋で寝ている義高を起こした。義高は浅い眠りの中から目を覚ました。藤尾は義高に事情を簡単に説明し、すぐに逃げるよう説いた。義高は「一目《ひとめ》、大姫に」と未練を持ったが、大姫の寝所は頼朝と政子の寝所に近く気づかれる危険があった。藤尾は義高をかんで含めるようにして喩《さと》した。

「生きていさえすればまた会うこともできましょう。死んでしまえばそれまでぞ。今はとにかく何がなんでも逃げのびることが肝心」

藤尾は素早く義高を若い娘の姿に変装させ、簡単に化粧を施した。また義高に干《ほ》し飯《いい》などの簡易な食料を持たせた。

早朝、まだうす暗い中、義高は藤尾のあとから一緒に門を出ようとした。不審そうに見る門番に藤尾は言った。

「この娘《こ》の誕生祝いに八幡宮へ硯《すずり》を納めに参ります」

「それはご苦労さまのことです」

と、門番は言い、チラッと義高のほうを見て視線を止めた。藤尾はドキッとし義高はうつむいた。

「きれいな娘さんですな」

「ええ、私の姪《めい》です」

藤尾はとっさに答えた。唇に朱をさし薄く化粧を施した義高の端正な顔立ちはうす暗がりの中で若く美しい娘の顔のように見え、またうつむいた姿は若い娘の恥じらいのように見えたのだろう。無事、門を出て街並みがとぎれ街道へ出るあたりで、藤尾は義高を直垂へ着替えさせ、用意しておいた馬に乗せた。藤尾は頼りなげな顔をしている義高を励ますように言った。

「若！　運があればまたお会いできましょう。その時には姫も成人し美しくなっておいででしょう。長生きなされ。死んではなりませぬぞ」

「はい」

義高は大きく頷いた。空が白み始めるなか、義高は馬にまたがり去って行った。その義高の後ろ姿を見ながら、なんとか生きのびてほしいと藤尾は心から願った。

それから半時ほど後のことである。頼朝は大力の従者二人に義高の寝所を襲わせた。声をたてさせずに絞め殺すよう指示しておいた。だが、義高のふとんをはねのけると、そこはすでにもぬけの殻だった。ふとんは盛り上げてあり、人が寝ているように見せかけてあった。だが、寝床の中に手を入れてみると、まだ少し温かだった。隣の部屋では藤尾がふとんの中で数珠《じゅず》を握りしめ、義高が無事逃げおおせることを必死に祈っていた。

頼朝はすぐに配下の武士百数十人を集め、「草の根を分けても捜し出し討ち取れ」と命じた。武士たちは幾組にも分かれ、鎌倉から出て行く全ての街道へ刺客として放たれた。特に義仲の地盤たる木曽、北陸へ通ずる鎌倉街道・秩父道へは樺山実光、結城信忠など、頼朝の腹心の武士が担当した。鎌倉街道は秩父道のほか、中道、上道などいくつかあるが、もちろんその全てへ刺客を放った。また、万一のことも考え、京や奥州へ向かう街道にも何人かの刺客をまわすことも忘れなかった。その地へ入ったら、その地の豪族へ義高をとらえて差し出せば褒美《ほうび》を取らせるが、もし匿った場合は重罪とする旨、伝えるよう頼朝は刺客たちに指示しておいた。すでに関東一円は頼朝の支配下にあり、頼朝の指示に従わぬ者はないだろうと思われた。しかし、関東の外へ逃れられてしまったら、まだ頼朝の支配の及ばぬ地域も多く、義高をとらえることは困難になるだろう。頼朝は自分の迷いの中に源氏の総帥としてあるまじき隙《すき》があったのを悔いた。

その日は朝から騒がしかった。御所の内外で馬がいななき、武士たちの出入りする物音がした。大姫も早くから目を覚まし、不穏な空気を感じ取っていた。

義高は朝からずっと鎌倉街道・秩父道を北へと馬を走らせていた。できるだけ早く関東を脱し、義仲の乳母の夫にあたる木曽の豪族中原兼遠《なかはらのかねとお》を頼って行こうと思っていた。血はつながっていなかったが、兼遠は義高を本当の孫のようにかわいがってくれていた。追手《おって》もまたこの鎌倉街道・秩父道を北上してくるだろう。それをかわすには小さなわき道にでも入ればよいのかもしれないが、そんなことをすれば自分もまた道に迷い行き場を失ってしまうおそれもあった。奥州、あるいは京へ上る街道も考えないわけではなかったが、その場合は頼るべき相手がいなかった。追手たちがこの街道を追ってくるだろうことは予測できても、それでもやはりこの街道を北へと逃げていくよりほかなかったのである。たまに行き交う人々の中には、この少年の一人旅をチラといぶかしげに振り返る者もあった。

喉が渇けば馬とともに小川の水を飲み、腹が空けば干し飯を小川の水に浸し少しずつ食べた。馬には川辺の草などを食べさせたりした。馬が疲れれば歩くようにし、回復すればまた速力をあげた。そうして一日目の日が暮れていった。義高は馬からおり、馬を曳《ひ》いて歩いた。しばらく歩くと街道の近くに小さな林があった。義高は馬も自分もかなり疲れているので、林の中に入り寝ることにした。馬は太い枝につないだ。義高は大樹の地上に出ている太い根に、肉厚の大きな葉っぱを被せ枕代わりとした。また、たくさん葉っぱのついている枝を折り掛けぶとんの代わりとした。義高は寒さと追手が迫ってくるかもしれないという恐怖でなかなか眠れなかった。ちょっとうつらうつらして目を覚ますと、すでに林の中へ朝日が射し込んでいた。義高は起きると草木の陰で用を済まし、葉っぱで尻を拭いた。そして再び馬に乗った。

一方、樺山実光、結城信忠を中心とする鎌倉武士数十名の刺客たちは、鎌倉街道・秩父道を北へと馬を走らせ義高を追っていた。実光は頼朝からこの街道への主力部隊を任されたことで、頼朝の深い信頼を感じていた。やはり義高の生い立ちを考えれば、この街道を北上するだろうことは容易に推測できた。一方、信忠はこの任務に抵抗を感じていた。信忠には義高と同年齢の嫡男がいた。信忠は内心、義高と出会わずにすむことを願った。

実光はわき道があると、2~3名を行かせ、一日捜して見つからぬ場合は土着の豪族に事情を話し義高をとらえるよう依頼し、自分たちはまた本隊へ戻るよう指示した。実光、信忠の本隊は鎌倉街道・秩父道をひたすら北上した。

その日も一日中、義高は馬とともに進んだ。にわか雨に遭《あ》いながらも休まず進んだ。母巴は今どこでどうしているのだろう。大姫とは再び生きて会えるのだろうか。干し飯はもう食べ終わってしまっていた。義高は厚い葉をかじったり、また草の根をぬいて小川で洗い食べてみた。義高12歳、生きたいと思った。

夜になっても月の光を頼りに、馬の手綱を曳いて歩き続けた。こんもりとした森に出た。寝場所を見つけようと街道を外れ森の中に入っていくと、うろのある大木が見つかった。義高ならまだ入れそうだった。馬を枝につなぎ、義高はうろの中へ入ろうとした。と、突然奥から何か小動物がすさまじい勢いで飛び出してきて、義高のわきをすり抜けていった。義高は思わず尻もちをついてしまった。野ウサギだったのだろうか。義高はうろの中に葉っぱをいっぱいに敷き、その中で丸まった。手足は伸ばせないものの昨夜よりは寒くなかった。

一方、実光一行も真夜中は林などに野宿しながら、それでも着実に義高に迫ってきていた。実光は今度の任務の重要性をひしひしと感じていた。今までも合戦で敵の大将の首をとったりと大きな手柄を幾度もたててきたが、今度は相手が年端もいかない少年とはいえその重大性は勝るとも劣らない。今度の相手は今は強大に見えなくとも、もし討ちもらせば将来どんなに大きな災いとなるかもわからなかった。何としても討ち取らねばと実光は思った。

義高は夜明けとともに起き出し、また馬に乗った。入間川が見えると、馬は急に元気づいた。土手をおり橋の下で馬に水を飲ませ、義高も水を飲んだ。突然バリバリッという大きな音がするので驚いて振り向くと、馬が糞をしたのだった。義高が馬を引いて土手を登ろうとすると、プツッという音がして草鞋《わらじ》の鼻緒が切れた。義高は草鞋を投げ棄て裸足で馬にまたがった。入間川に沿って馬を軽く走らせながら一刻以上も経ったろうか。西の空に現れた黒い雲は、しだいに空全体をおおい始めた。義高は馬を急がせた。小高い丘を越えると秩父の山脈《やまなみ》が見えてきた。明日の夕方にはその山脈の麓まで着くだろう。ともかく秩父の山中に入ってしまえばと義高は思った。

実光、信忠たちの一行は鎌倉街道・秩父道を着々と北上し、徐々に義高に迫っていた。実光は対面からやって来る旅人にそれらしき者を見なかったかと詰問したが、ほとんどの旅人たちは実光を怖れ、わからないと答えた。何人かは見たかもしれないと答えたが、なかなか確証は得られなかった。雨でも降りそうな気配のなか、実光たちは入間川へ出た。実光たちも土手から河原におりた。馬に水を飲ませようとして、ふと気づくと近くに真新しい馬糞が落ちていた。実光は信忠と顔を見合わせた。その時、若侍の一人が「ここに」と土手の草の上を指し示した。そこには鼻緒の切れた草鞋があった。草鞋は大人用のものとしてはやや小さく、またこの辺の土地の者が履くものではないのは明らかだった。実光は義高がここを通って行ったことを確信した。

まだ昼を少し過ぎたばかりだろうというのに空は夜のように暗くなり、ポツポツと大粒の雨が降り始めてきた。義高は馬を急がせた。しばらく経つと雨は急に激しくなった。風も強まりうなり声をあげた。義高は肩をすぼめ、歩を緩めながら馬を進めた。雨は身体のしんまで冷たくしみ込んできた。

一方、実光一行も風雨の強まるなかを馬を進めていた。誰も何もものを言わなかった。皆大きな任務の遂行が今始まる予感がしていた。

義高はどしゃぶりの中をとぼとぼと進んで行った。肌まで濡れ襦袢《じゅばん》が身体に重くはりついていた。泥水が義高のくるぶしあたりまではね上がった。馬も自分もほとんど限界かと思えたとき、街道近くの林の中に小さな掘っ建て小屋があるのが見えた。義高は馬をその小屋へと向けた。小屋は馬がやっと入れる高さだった。中は干し草が山のように積んであった。義高は少し休もうと馬とともに中へ入った。馬は喜んで干し草を食べた。干し草の中に入ってしばらく休んでいると、義高の冷えた身体はしだいに温まってきた。激しい風雨で小さな小屋はグラグラ揺れ壊れそうに思えた。それでも馬は立ったまま目を閉じていた。少しだけ休もう少しだけと思いながら、トロトロと義高も浅い眠りに入った。

その頃、実光一行は風雨の中をひたひたと義高に迫って来ていた。しかし、たたきつけるような風雨に実光たちも大木の陰で少し休むことにした。

チチッと雀が鳴いた。陽は山の端へ落ちかけていたが、空はすっかり晴れ上がっていた。小屋の中では馬がパッチリと目を開けた。義高は干し草の中でグッスリと眠り込んでいた。その小屋の前には数名の男たちの影が、クッキリと黒くしるされていた。音もなくスーッと戸が開き、静かに数名の武士たちが入って来た。先頭の武士が義

高の顔を確かめるようにじっと見たあと、

「義高殿」

と、声をかけた。義高はハッととび起きた。

「お迎えに参りました」

義高の顔がひきつった。目の前に樺山実光の顔があった。

陽はすでに秩父の山々の向こうに落ちていたが、空にはまだ少し紅《あか》みが残っていた。武蔵国入間川の浅瀬の中を、バチャバチャと水音をたてながら渡ってくる数名の武士がいた。樺山実光、結城信忠と若侍たちである。そして後ろ手に縛りあげられた義高が、二人の若侍に両側からがっちりと両腕をとらえられていた。義高は中洲へひきずるようにして連れて来られその真ん中へ座らされた。武士たちは義高を囲むようにして座った。一人の若侍がもう一人の若侍へ言った。

「しかし、あまり気分のよいものではないな。このような何の罪、咎《とが》もない年端もいかぬ者を殺さねばならぬとは」

もう一人の若侍が答えた。

「罪はなくとも殺さねばならぬ成り行きがある。人を殺すことはいわば武士の大切なお務め。イヤなら武士を棄てるほかあるまい」

二人のやりとりを聞いていた実光が言った。

「さあ、それではそろそろその大切なお務めを果たすとしようか。まず穴を掘ろう」

下を向いて蒼い顔をしていた義高が顔を上げ言った。

「何とぞ今しばらくお待ちください。その昔、御所さまは清盛の継母池善尼の必死の命乞いのおかげでその一命が助かったと聞いています。その御所さまなら私の立場もおわかりになるはず。お願いです。もう一度御所さまへお目通りを」

命《めい》を下したのは頼朝だとわかってはいても、義高は藁《わら》にもすがりつきたい気持ちだった。実光は言った。

「大殿は清盛の二の舞はすまいと思われたのだ」

「なれど御所さまは、私の父義仲がどうあれ、私の命は保証すると一度は約束してくださいました」

「約束などというのは、人間なかなか互いに相手を信用できぬからするもの。愚直に守るか、利口に適当なところで破棄するか」

義高は死に物狂いだった。

「私の父はたしかに御所さまの命《めい》で討たれたかもしれません。けれども、もし私の命《いのち》を助けていただいたら、御所さまを仇とは思わず仕返しなど考えぬことはもちろん、これからも私は決して御所さまに逆らうようなことは絶対にいたしません」

「人は誰でも、こういう場合はそう言うのだ」

「御所さまに逆らわないというのは、神、仏に誓って私の本心です」

「人間、これが自分の本心だなどと言って本心を明かす者はいない」

じっと成り行きを見守っていた信忠が口を開いた。

「たとえ義高殿が今は本当にそう思われているとしても、いざ助かってみればそういう本心自体が長い時の流れとともに変わってしまうものでしょう。勇猛果敢をうたわれ『旭将軍』とまでよばれた木曽殿の名を汚してはなりませぬ。立派なご最期だったと大殿には申し上げておきましょう」

義高は叫ぶように言った。

「私は立派に死んだなどと言われなくていい！　めめしいと言われてもいい。おめおめ生きたと言われてもいいから、私は生きていたいのです」

実光はあきれて義高を見つめ、

「これは木曽殿の嫡男とも思えぬ言葉」

義高は堰を切ったように泣き出し言った。

「お願いです。どうか命だけは。私はまだ死にたくない。助けて！　殺さないで！」

義高は額を河原の石にこすりつけんばかりにして必死に懇願した。義高はしばらくすすり泣いていたが、少し落ち着いたところで信忠が静かに尋ねた。

「義高殿、おいくつになられる」

「……やっと12歳に」

「その年ならもうおわかりにならねばならぬ。大殿も何も憎くて義高殿を亡き者にしようというのでないことはおわかりでしょう？」

義高は下を向いたまま頷いた。

「安房の豪族大和田持家の嫡男宗家の話は義高殿もご存知でしょう？　宗家は敵方にとらえられ人質となりながらも大和田の家を守るため立派に命を棄てたのは有名な話。その宗家も義高殿と同じくわずか12歳」

義高は下を向き黙って聞いていた。信忠はさらに続けた。

「あの土手をごらんください」

義高は顔を上げ土手のほうを見た。土手の上の桜が満開で、月光を背に輝くように咲いていた。

「義高殿、『花は桜木、人は武士』とは昔からよく言うこと。桜の花はパッと咲いてパッと散るからこそその美しさも際立つのです。年少といえども武士は最期が大事。桜の花のようにいさぎよく散りなされ」

義高もすっかり観念し納得したのか、今はただおとなしく聞いていた。義高を殺害するのは気分が重かったが、信忠は自分が義高の首を刎《は》ねようと思った。自分ならあまり苦しませず一刀のもとに首を落とすことができると思った。義高は顔を上げ言った。

「最後のお願いです。水を少し飲ませてください。さっきから喉《のど》がとても渇いて」

実光がさえぎるように言った。

「すぐにあの世へ行くというのに今さら水を飲んでも」

「まあ、よいではないか、最期に水くらい。わしがそこまで連れて行こう」

信忠は義高を水を飲みやすい浅瀬まで連れて行った。実光たちはその間に義高の遺骸を埋めるため、河原の石や砂利を取り除き穴を掘り始めた。そこから少し離れた葦の生えている場所で、信忠は義高に水を飲ませようとした。そこは首だけ突っ込んで飲むには水面との差がありすぎたが、なかなかほかに適当な場所もなかった。

「どうか、手を」

義高が信忠に頼んだ。信忠は一瞬迷ったが、その哀願するような眼差しに縄をほどいてやった。義高は両手で水を掬《すく》いうまそうに飲んだ。その時だった。サーッと一陣の風が吹いたと思うと、桜の花びらが竜巻のように舞い上がり二人に降りそそいだ。義高が振り返ると竜巻の中心には大きな満月が輝いていた。義高は「あっ！」と声をあげた。満月が一瞬のうちに真っ紅《まっか》に染まったのである。信忠もつられて月を振り返った。一瞬の隙《すき》が生まれた。義高はパッと立ち上がり素早く腹巻の下に隠し持っていた懐剣を取り出し信忠の腹に突き刺した。腰の刀は取り上げても腹巻の中までは注意がいかなかったのである。信忠の叫び声を聞き、実光たちも異変に気づいた。義高は浅瀬を渡り土手のほうへ逃げようとしていた。実光が「信忠殿！」と声をかけると、信忠は瀕死《ひんし》の中で義高のあとを追うよう顎《あご》をしゃくって促した。実光たちは信忠はひとまず放っておき、懸命に義高のあとを追った。子どもながら義高の足は早かった。その差は縮まるどころかどんどん広がっていくように見えた。土手を越えようとして義高は後ろを振り返った。実光たちが追いかけてきているが、なんとか逃げきれそうだと、その時、義高は思った。夜も義高に味方していた。眼前には月光の下、田畑が広がりその向こうには秩父の山脈《やまなみ》がクッキリとした黒い影を夜空に映していた。この秩父を越えればもはや頼朝の支配の及ばぬ地域となる。生まれ育った故郷木曽へまた戻れるのだ。あの川で、あの山で、また遊べるのだ。大姫にもあの美しい木曽の山々を見せてやりたいと義高は思った。母巴は元気だろうか。お互い生きていればまた会える。生き延びさえすれば成長した大姫ともいつかまた会えるのだ。

土手の向こうへ駆け出そうとした瞬間、義高はふくらはぎに焼けるような鋭い痛みを覚えた。追いつけないと思った実光が脇差を投げつけたのだった。義高はふくらはぎに脇差が突き刺さったまま足を引きずり必死に逃げようとした。実光や若侍たちが背後から迫ってきていた。義高は土手を血に染めながら、それでも数歩死に物狂いで歩んだ。背後からシュッという太刀を抜く音が聞こえた。

「義高殿、お覚悟！」

義高が振り返ろうとしたとき、実光の大太刀《おおたち》がうなりをあげ義高を襲った。義高の右肩から腰にかけ火のような激痛が走った。ガキッという骨の砕けるすさまじい音がしたと思うと、義高の細い体はざっくりとざくろのように二つに裂け血しぶきが噴き上がった。義高の目に崩れるように落ちていく紅い満月が映った。義高は手で2、3度空をつかむようにしたあと、ゆっくりと後ろへのけぞっていった。実光が近寄ると、義高はまだ息があり頬のあたりがひくひくと動いた。実光はかまわず脇差で義高の首をかき取った。義高の倒れたあたりは、またたくまに血の海となった。実光が義高の首を持ち、若侍たちは首の離れた義高の遺骸を持って急いで河原の信忠のところへ戻

った。信忠は深手を負い、苦しい息をしていた。実光は信忠を抱き起こし、

「信忠殿！」

と呼びかけた。信忠はあえぎながら言った。

「実光殿、わしはもう……。ただひとつ心残りなのはこのたびの不首尾で嫡男信孝が無事家督相続できるかどうか。信孝はやっと12歳、まだ元服もすませておらぬ」

元服とは武士の男の子が大人になるための儀式である。実光は言った。

「心配いたすな、わしからも大殿によく申し伝えておこう。大殿は冷厳ではあっても、また寛大な心もあわせ持ったお方《かた》だ」

「よろしくお頼み申す。ああ、目が……」

こうこうと輝く満月も今はかすみ、土手で舞う桜吹雪も暗闇の中に消えていった。

樺山実光が鎌倉へ持ち帰った義高の首を頼朝と政子はすぐに検分した。北条時政、義時父子も御所へよばれた。義高の生首は焼酎《しょうちゅう》につけられ一室に保管された。その部屋は禁制となったが、義高が殺害されたことを知らぬ者は御所中誰一人としてなか

った。いや、ただ一人大姫だけが知らなかったが、ただならぬ御所の空気を大姫も敏感に感じ取っていた。侍女や従者たちがあちこちでひそひそ話をしていた。だが、大姫を見ると皆ピタッと口を閉ざすのだった。肝心なことは何も話してくれないのに、皆がひどく大姫に気を遣っていた。頼朝も政子も何ひとつ大姫に説明しようとしなかった。それでも大姫は侍女の一人が「首が届いた」と小声で言ったのを聞き逃さなかった。

一方、義高の死を聞いた藤尾の方はしばらく部屋にひきこもり読経した。義高は義高自身のあずかり知らぬ争いのなかで、わずかに12歳の命を奪われたのである。どんなにもっともらしい理屈をつけようと、ひとたび戦《いくさ》が起これば、何の罪、咎《とが》もない子どもたちまで犠牲になるのだ。そのことに藤尾は涙した。

藤尾が部屋から出ると、廊下に大姫が立っていた。

「姫……!?」

藤尾は驚いた。大姫は藤尾を見上げて尋ねた。

「義高さまは?」

大姫の澄んだ眼が藤尾をまっすぐに見つめていた。藤尾は思わず大姫を抱きしめ低い声で言った。

「……義仲さまの元へ行かれました」

大姫は息をのんだ。全く思いがけないというわけではなかったが、つい先日まで一緒に遊んでいた義高がもうこの世の人ではないということを、大姫は現実のものとして受け止めることができなかった。大姫はただ呆然としていた。

その日、大姫はほとんど何もしゃべらず、夕餉《ゆうげ》も口にしなかった。大姫は早々とふとんにもぐり込んだ。大姫が何かを感じ取ったらしいのは頼朝も政子もわかったが、泣いたり叫んだりする気配はなかったので、二人はひとまず安心した。

その日の深夜、大姫は裏庭に一人裸足で立っていた。澄んだ夜空の中で星々はキラキラと凍るように輝いていた。樹々の間には満月が見えた。大姫は義高と一緒に遊んだ桜の木の幹をそって撫で頬を寄せた。しんとしたなか、大姫は必死に自分の身辺に起こった真実《まこと》をさぐろうとしていた。だが、一方ではあまり深くは知りたくないという気持ちもあった。義高が亡くなった。誰かが殺され、その首がこの鎌倉へ持って来られた。そして、その前に父頼朝の命《めい》によって義高の父義仲が殺されている。どう考えても、いかに認めがたくとも導き出される真実は一つしかなかった。

その時、満月がサーッと血のように真《ま》っ紅《か》に染まった。大姫はふらふらっと声もなく沈むように地に倒れた。すると一陣の風が起こり、桜吹雪が舞い大姫の小さな身体を覆《おお》っていった。


次の日、朝早く起きた侍女が、庭先に夜着のまま倒れている大姫を見つけた。大姫の身体には桜の花びらがうずたかく積もっていた。急いで大姫は寝所へ運びこまれたが、ほとんど意識がなかった。政子が大姫の額に手を当てると火のように熱かった。

それから大姫は数日間、高熱をあげ生死の境をさまよった。政子は寝食を忘れ、また公務をないがしろにするほど必死に看病を続けた。頼朝も公務のない時はほとんど大姫に付きっきりだった。鎌倉中の名医が集められたが、一時はその全ての医者が見放したほどだったのである。

大姫が意識を回復し再び目を開けたとき、目の前には心配そうに覗き込んでいる政子と頼朝の顔があった。だが二人の顔を見ると、大姫の顔は急に凍りついたように硬くなった。

その日、藤尾は頼朝から呼び出された。門番を詰問したところ、義高が変装したとみられる若い娘と藤尾がまだ暗い頃、邸を出て行ったことがわかったのである。藤尾は頼朝の前にひれ伏して言った。

「この藤尾が御所さまより与えられたお務めは、若君をお守りし立派にお育てすること。ならば、若君が危機に陥らんとするときはこれを避け、お守り通すことこそが私の真のお務めとこころえました」

頼朝は苦虫を嚙みつぶしたような顔をして聞いていたが、やっと重い口を開いて言った。

「わしが命じた任務を最後まで果たさんとしたことはなかなか見上げたものと言っておこう。だが、個人の任務などというものは鎌倉全体の政《まつりごと》の中で考えれば、時とともに変わっていくものではないかな。まあよい。おって沙汰を下そう。それまでは今までどおりにしているがよい」

その後、大姫の健康は元々丈夫だったこともあってメキメキ回復した。だが、以前はお日さまから抜け出たようなと形容されたその面影はもうすでに消えていた。悲しみを心の奥深く閉じ込めた大姫は急に大人びて見えた。大姫は見知らぬ他人を見るような眼差しで頼朝や政子を見た。頼朝や政子が大姫に何を話しかけても、ただ頷くか首を振るかのどちらかだった。一度、大姫が幼い万寿を抱き笑顔を見せしゃべりかけていた。それをたまたま頼朝が見つけ、大姫の心をなんとか自分にも向けようと話しかけてみようとしたのだが。頼朝が近寄ると大姫の顔からは感情が消え凍りついたような表情になった。頼朝も政子も我が子大姫に対して取りつくしまがなかった。

大姫は7歳にして貝のように固く心を閉ざした。そして、生涯その心が再び開かれることはなかったのである。

一方、藤尾の方や門番などに対しての処分は、双方ともにお役御免となっただけの寛大なものだった。また樺山実光と、その配下の若侍には所領の加増など十分な褒美《ほうび》が与えられた。結城家に対しては、嫡男をすぐに元服させ家督相続を認めた。

その後、源氏の勢いはますます強くなり、義高が殺害された翌年、平氏は壇ノ浦の戦いで滅んだ。やがて頼朝と義経との間は義経が朝廷から勝手に官位を受けたことなどが因《もと》で決定的な不仲となり、義経は奥州藤原氏の元へと逃げて行く。途中、義経は愛人の静御前と別れるが、静は吉野の山中でとらえられ鎌倉へ連れて来られる。その翌年、静は義経の子を産むが男の子だったので、すぐに静と引き離され頼朝の命により由比ヶ浜で海に沈められた。義高が殺されて数年後、木曽の山奥に隠れていた巴御前は頼朝と政子を怨みながら34歳で病死した。後白河法皇は頼朝が征夷大将軍となり、名実ともに天下人となった建久3年（1192）、66歳で病没。権勢を欲し右往左往した感は否めないが、後白河の一番の功績は今様歌謡（当時のいわば流行歌）を『梁塵秘抄』としてまとめたことだったかもしれない。

その後の大姫は明るく活発だった性格はすっかり失せ、家にひきこもりがちになった。黒目がちの明るかった瞳は無論その美しさは変わらぬものの憂いを帯びたものに変わっていた。大姫の関心はもっぱら横笛に向けられた。夕方になると大姫の吹く澄んだ哀しい調べの笛の音に鎌倉の人々は聞きほれたという。

大姫が年頃になったとき、また転機が訪れる。頼朝と政子は大姫をなんとか嫁がせようと思った。相手が地位の高い男なら大姫も満足するだろうと、京の後鳥羽天皇と結婚させようと頼朝は考えたのだった。この頃は幕府の力も安定し、朝廷とも和を図ろうという時代になっていた。また後鳥羽天皇は天皇とはいいながら文武両道に秀れた若者で、亡き義高にも共通するものがあると頼朝と政子は思った。だが、そのさなか大姫は急病であっけなく亡くなってしまう。当時、鎌倉の町の巷《ちまた》では自害したのではないかという噂が囁《ささや》かれたが真偽のほどは定かではない。享年19歳であった。

「耳」

この町のある寺の住職は齢《よわい》四十を少し過ぎたほどだが、日々の修行に熱心で天竺の諸々の仏典にも深く通じていた。住職は法事や冠婚葬祭などの折、商人、武士、百姓、誰彼の区別なくこころを込めその務めを果たしているつもりだったので、町の全ての人たちから敬愛されていると思っていた。

ある時、住職は風邪でもひいたのか非常な高熱を出した。日頃から住職は顔の血色もよく身体はかなり丈夫なほうだったので以前いつ熱を出したか思い出せないほどだった。だが、今度の病はすこぶる重く水以外は喉を通さず、身体が焼けただれてしまうかと思われるほどの高熱が数日間続いた。しかし、ある朝ぐっすり眠ったあと、目覚めてみると熱は嘘のようにひいていた。だが、耳が少しむずがゆく触ってみると大きくなっているのがわかった。急いで鏡を見てみると、顔の両側には団扇《うちわ》のような巨大な耳がついている。住職は驚愕《きょうがく》し、また熱でも出して寝込んでしまいたかったが、もう熱は出なかった。耳が巨大になったからといって特に支障はなかったのだが、住職にはひどい恥辱に思えた。

驚くべきことに耳は単に大きくなったのではなく、その聴力は並外れたものとなっていた。遠くの微《かす》かな話し声が楽に聞き取れるのである。寺の塀の向こうで話すひそひそ声も、奥の庫裏《くり》（寺の台所）で小坊主たちが何の遠慮会釈もなしに住職の噂話をしているのも、手に取るようにはっきりと聞こえた。ある時、日頃おとなしく住職の言うことをよく聞き、自分を敬愛しているとばかり思っていた年長で皆の世話役をしている小坊主までが「うちの師匠はどんな貧乏人からも規定の金《かね》は平気でふんだくる。わしが住職になったら」などと、平気で悪口を言っていた。ちょうど自分の部屋で爪を切っていた住職は爪切りも半端に、怒り心頭に発し立ち上がった。金持ちであろうと貧乏人であろうと同じことをやれば規定の同じ料金を払ってもらう。それは自明の理なのだ。その代わり金持ちの立派な墓は高価なものとなるし、貧乏人のさほどでない墓は安価につく。住職はその小坊主をきつく叱責してやろうと思ったが、ここで怒りを爆発させてしまうと自分の耳の秘密がばれてしまうことにすぐ気づいた。それならここはひとつ知らぬふりを決めこんで皆の自分に対しての噂話や悪口を聞いてみるのも面白い、そのほうが得策だろうと思い直した。

耳が大きくなりすぎたとはいっても、その性能はすこぶるよくなったのだから喜んでも良さそうなものだが、人の心情としてはなかなかそうはならないものらしい。住職は人と見かけが違うということで、激しい劣等感にさいなまれることになった。

だがその一方、大きすぎる自分の耳について陰ではともかく誰も直接には触れてこないので、住職はかえって直接にも皆に聞いてみたくなった。住職は寺に来た人々に思いきって尋ねてみることにした。すると皆異口同音にそんなことは大したことではないと言ってくれるのだった。だが、陰ではかなりのことを言う者もあった。法事で来た初老の呉服屋の大旦那は、

「耳の大きいのは福耳と称して縁起のよいものでございますよ。できれば私もお坊さまのような大きな耳になってみたいものです」

などと言いながら、帰り道では伴《とも》の丁稚《でっち》に、

「天竺には象という犬の何百倍もの大きさの動物がいるそうで、わしも絵で見ただけ

だがあの耳はそれにそっくりだ。とても人間の耳には思えん。あんな耳になるくらいならわしだったら死んでしまったほうがましだ。だが、俗でなくてよかった。醜男《ぶおとこ》の上にあんな耳ではとても嫁の来手などあるまいて」

などと、ぬけぬけと言っているのだった。

住職はますます大きな耳を気にするようになった。さすがに面と向かって住職を馬鹿にする者はいなかったが、陰ではほとんど皆がその耳を物笑いの種にしているのだった。最近巨大になった耳についてばかりではない。どうやら住職を敬愛しているように見えたのはうわべだけで、皆、昔から陰では相当の悪口を言っているのがだんだん分かってきた。割合豊かな農家の中年女が言っていた。

「このまえ、畑でとれたとうもろこしを三本ほど持っていったら涎《よだれ》をたらしそうな顔して喜んでねぇー、ホッホッホッ」

それなら仏頂面で貰ったほうがよかったとでもいうのか。

また、夜、小坊主たちが寝床で住職の噂話をしているのが聞こえてきた。

「うちの師匠は都の大きな寺の住職になろうと、夜な夜な遅くまで経典を読んで勉強しておるようじゃが」

「無理無理あの頭じゃ」

「それにうちの師匠はケチだ。檀家から和菓子を貰ってもわしらには分けずに一人で食っちまう。そんな狭い了見じゃ、とてもとても」

「でも、都の偉い坊さまたちに松茸など高価な付け届けを仰山やっているでは」

同じ宗派の京の都の高僧に毎年付け届けをやるのは昔からの慣例で、自分だけがやっているわけではなかった。また僧侶として多少は仏典を研究し、その研鑽を行ってはいたが、それは何も自分が都の高僧になりたいためではなかった。ひとかどの寺の僧侶として当たり前のことだった。和菓子を一人で食べてしまうというのだって、少ないものを大勢で分けようとすれば、当然一人一人の分け前が少なくなったり、貰い損ねが出たりと無理が生じ醜い諍《いさか》いが生じてしまうだろう。それくらいなら自分一人で食べてしまったほうがよいと思ったからである。

怒涛のごとく聞こえてくるさまざまな陰口に住職はすっかり不眠症になってしまった。日頃は赤みを帯びた顔色の住職が青い顔をしていると、日頃陰口をたたいている小坊主たちまで心配そうに「どうなさいました、お師匠さま？」などと殊勝な顔で言うのである。

だがよく聞いていると、陰口は自分に対してばかりというわけではなかった。小坊主同士はもちろん、夫婦、親兄弟、けっこう親しそうな者たち同士でも、いやそういう者たち同士でこそかえって陰口を皆たたき合っているのである。今までは自分に対する陰口ばかり気になってそのことに気づかなかったのだが。

もっとも小坊主同士、また町の人々同士の場合、たまには面と向かって悪口を言い合い喧嘩になることもある。だが、なぜ自分には面と向かって悪口を言ったりする者がいないのだろう。住職は自分なりに考えてみた。それはおそらく自分の住職としての立場だろうと思われた。京の都まで歩いて半日もかからないとはいっても、こんな田舎町であってみればただ住職という立場だけでそれなりの権威があることは確かだった。小坊主たちはこれからどんな小さな寺でも住職になろうと思ったら住職である自分の後押しが絶対必要だった。町の人々にとっても法事や冠婚葬祭などには、住職の存在は非常に大切なものだった。特に葬式の時など住職に悪く思われていたら何と言われるか、あの世へ旅立ったあととはいえ気になる者もいるだろう。住職は自分が情けなくなった。自分はふだんから人の陰口をたたくことなどほとんどないのにとも思った。

だが、自分が陰口を言いたくなるような相手というのはそもそも誰なのだろう。よく考えてみると、それは自分と同じような立場で自分より良くなっている者ではないだろうか。例えばそれは自分と同じくらいの年齢で、京の都で高僧への道を着々と歩んでいる者とか。そういう僧たちに対して全く嫉妬心がないと言えば嘘《うそ》になる。だが、年齢も上がってきている今となっては高僧への道をめざすのはいくら頑張っても無駄骨に終わる可能性が高かった。だから住職はもうそういう道は自ら諦めていたのである。なのに小坊主たちに中央での昇進をまだめざしているように思われているのははなはだ面白くなかった。

よく考えてみると、この町の中では割合に良い立場にある自分には陰口をたたきたくなるような相手がいないのだった。住職は自分が人の陰口をあまり言わないのは、それは自分の人間性が他の人ほど卑しくないからなどというようなものではないことに、はたと気づいた。

それからも住職の耳には相変わらず世間の人々のさまざまな陰口、悪口などの雑音が入ってきたが、住職はもう放っておくことにした。もっとも今までも放っておいたようなものだが、もう気にしないことに決めたのである。

だが、お互い陰口を言い合っている者同士でも、わからなければ、いや時には多少わかったとしても案外にうまくやっている場合も多いようだった。人間は親子、兄弟などどんなに親しい者同士でもけっこう陰口を言ったりしているものなのである。人間などというのは陰口を言いながらも案外好意を持っている場合だってあるかもしれないのだ。自分の陰口を言っていた小坊主たちの中には兄弟の結婚式に実家へ帰った際、手に入ったと言って耳を小さくするという煎じ薬を持ってきてくれた者もいた。それはあながち住職に良く思われたいという損得勘定からばかりではあるまい。もっともその煎じ薬は苦いだけで全く効かなかったが。人間のやることなど本当は卑しい動機に基づくものがそのほとんどかもしれない。だが、その中にほんの少しでもそうでないものがあれば、もうそれでよいのではないだろうか。

また陰口というのは聞こえてくれば腹も立とうが、別に聞こえてこなければ何ということもない。もし聞こえてきてしまったらできるだけ気にしないことなのだ。あとは陰口を言う相手の問題なのだからと住職は思った。

ほどなくして住職は風邪のためか何かはよくわからなかったが、また前と同じような高熱を出した。住職は熱で苦しみながら今以上にまた耳が大きくなるのではないかと危惧した。今まで病らしい病をほとんどしたことのなかった住職がわずか一月も経たないうちにまた高熱を出したというので見舞いに来た檀家のものたちが病室から離れた一室で、

「これは何かの祟《たた》りではあるまいか、今度はとても助かるまい」

「こんどはもっとましな坊さまが来ればよいものだが」

「いやいやどんな坊さまが来るかはさいころを振るようなものじゃ。今の坊さまは少しぬけているところもあろうが気の良いところもあり、こういう田舎町ではあんな坊さまのほうが……」

などと陰で話している声を住職は夢うつつの中に聞いた。

だが、また数日経つと熱は嘘のようにひいた。一晩ぐっすり眠ったあと、ここちよく目を覚ました住職は何げなく耳に触ってみて驚いた。耳はなんと小さくなっていたのである。鏡で見てみると耳は全く元通りになって顔の両側にきちんと納まっていた。

その後、住職に遠くで話す人々の噂話や陰口が聞こえなくなったのはもちろんである。住職の顔はやや赤みを帯びてつやを取り戻し、もう高熱を出すこともなかった。

「竜神伝説」

湖は微《かす》かに霧がかかり静かに果てしなく拡がっていた。

突然バシャッという音がしたとみると、遠くに魚の尾のようなものが一瞬見えた。だが、すぐに小波《さざなみ》はおさまり、湖面は再び静まり返った。鏡のような湖面をじっと見ていると、静かに波紋が拡がり始めている。いきなり湖面が突き破られ、ガバッと現れたのは巨大な竜だった。竜は鎌首を持ち上げ、パカッと口を開けた。耳元まで口が裂けると、大きな舌の奥ではチロチロと紅い炎が燃えていた。竜は目を爛々《らんらん》と輝かせ、矢のような速さで湖面を滑るようにこちらへ迫って来る。

達吉はそこで目を覚ました。達吉の首筋を脂汗が伝っていた。数日後に十何年ぶりかの竜神祭が迫っていた。達吉のお袋おたみが竜神さまに招かれていたのである。竜神祭の次の日の朝早く達吉はおたみを竜神湖に連れて行く。竜神湖はいくつもの谷や峠を越え、たとえようもないほど美しいという七色沼《なしきのぬま》を通り、丸一日かかってやっと着くほどの遠い所にあった。竜神湖は海のように広く、晴れているときでさえ向こうの隣国が霞《かす》んで見えないといわれていた。陽が沈む頃になるとだんだん水が満ちてきて、また陽が昇る頃になるとしだいに水が引いていくともいう。また竜神湖には昔から巨大な竜が棲んでいるという言い伝えがあった。

もう夏の盛りは過ぎていたが、達吉は暑苦しさを覚え寝返りをうった。達吉の右足が少し疼《うず》いた。達吉がまだヨチヨチ歩きだった頃、おたみが目を離した隙《すき》に達吉は竜神川の橋から河原に落ち右足に大怪我をしたのだった。子どもの頃、達吉は右足を少しひきずるようにして歩いた。達吉はそれを恨みに思い直接おたみを責めたこともあった。そんな時おたみは何も言わず、ただじっとうつむいていた。大人になったとき、達吉の右足は左足よりほんの少し短かった。また達吉は若い頃、国守《こくしゅ》の命によって強制的に戦《いくさ》に駆り出され、無理な行軍はさらに達吉の足を悪化させた。達吉は跡取りでもあり、ひょっとしたら戦に行かずにすむかと思っていたのだが。達吉は足は悪かったが頑丈な身体つきをしていた。

達吉たちの住むこの竜神村は奥深い山の中にある小さな村だったので、なんとか年貢を納めずにすんでいた。だが、しだいに勢力を伸ばしてきたここの国守はこの村からも年貢を徴収しようと初め思ったが、それよりもこの村の若者たちを戦場へ駆り出すことにしたのだった。戦に参加した者にはあとで芋や豆などの食糧が褒美《ほうび》として与えられるはずだった。初めの戦では勝ったのに、褒美を貰う前に続けて参加した次の戦では負けたため褒美はご破算になってしまった。村の若者たちは命からがら逃げ帰ってきたのだった。

達吉の右足の傷は梅雨《つゆ》どきや冬場、また疲れがたまったときなどは特に疼いた。そういうときは足をひきずるようにして歩くのを隠すことができなかった。達吉は都の良い医者に一度診てもらいたいと思わないではなかった。だが都まではるかに遠く、都の辺りはもう長いこと戦乱の中にあるといわれていた。そうでなくとも都の医者に診てもらう費用など家にないことはわかりきっていることだった。

竜神村は小さな盆地の中にある十数戸の小さな村である。竜神村を大きく迂回《うかい》するように竜神川が流れていた。この竜神川はずっと上流の竜神湖から流れ出していて、山間《やまあい》の渓流を集めしだいに大きな流れとなっているのだった。竜神川から村へ小川をひき、その小川は幾すじにも分かれ田んぼを潤した。また、小川は家々の前を流れ、その水は野菜を洗ったり、洗濯などにも利用された。飲料水にも利用されたが、大雨のときなどは濁って使えなかった。村には泉が湧き出す所があり、そこから清い水を汲んできて、おいしい飲み水として利用してもいた。泉は村全体の共有のものであった。その小川は村全体を網の目状に流れていくと、また下手の竜神川へと流れ込んだ。

達吉の家は5人家族だった。妻りくとの間に二人の子ども、それにお袋のおたみである。親爺の政吉はすでに10年ほど前に亡くなっていた。子どもたちは上が女の子でみくといい今年10歳になる。下が男の子で力丸といい、まだ3歳だった。また、りくの腹には3人目の子が宿っていて、今年中には産まれるはずだった。そのほかに達吉の妹おゆきの息子で17歳になる仁平を、事情があってしばらく前から預っていた。仁平は達吉にも迫ろうというほど年の割には背が高かったが、痩せて青白い顔立ちをしていた。

おたみは70歳をこえてすでに何年か経っていた。70歳をこした年寄りには竜神さまを呼ぶのがこの村の掟だった。息子から竜神祭をやると聞かされると、初めは必死に拒もうとする年寄りも少なくなかった。しかし、祭の日が近づいてくると、大半の年寄りは覚悟を決め、従容《しょうよう》として自分の宿命を受け入れる場合が多かった。だが、おたみは今まで足腰も丈夫だったので、まるでその気がなかったのである。

竜神さまは村の守り神であると同時に村の統一の象徴でもあった。村が危機に陥らぬよう見守ってくれ、また竜神さまを中心として皆で村を守り、未来永劫《えいごう》村が存続するよう団結しどんなことでも一緒に行っていく。

村では何事にせよ、竜神さまを引き合いに出すことが多かった。「竜神さまをよぶ」というのも「竜神さまに招かれる」というのもだいたい同じ意味だが、「招かれる」のほうがより丁重な言い方といえた。また「竜神さまをよぶ」というのは竜神祭のときに使われ、「竜神さまに招かれる」というのは実際に子が親を竜神湖に連れて行くときに使われることが多かった。竜神祭はだいたい田畑の仕事の忙しくない天気のよい時期に行われた。単に人が亡くなったときにも「竜神さまに招かれた」、あるいは「竜神さまによばれた」ということもあった。年寄りが頑固に息子の言うことを聞かないときなどにも「そんじゃらば竜神さまをよんでくれっかな」などと、半ば脅し文句に使うこともあった。また、子どもがふだんの時に「白いまんま食いてぇ」などと言おうものなら、やはりその文句を使った。「竜神さまをよぶ」と言うと、泣く子も黙ったのである。竜神さまによばれるのはもちろん大半は年寄りだが例外もあった。おたみがまだ3歳くらいだった頃、北の家におはるという、おたみよりも少し年上の女の子がいた。おはるは村では珍しくポッチャリと太っていた。おはるは親兄弟に気づかれぬよう隠れて自分だけ干し魚・木の実など何でも食べてしまうのだった。親がなんべん叱っても、また、いろいろ隠し場所を変えてもすぐに見つけ出した。ほかのことならともかく、人の分まで食べてしまうのは親兄弟でも絶対に許すことのできない大罪だった。おはるの父親はとうとう決心し、ある日、ご馳走をつくりおはるに好きなだけ食べさせ、薄めた甘いどぶろくを飲ませた。そしてぐっすり眠っているおはるを背負って、夜中、竜神湖へ連れて行ったのである。

だが、竜神祭の際には飲みたいだけ酒は飲めるし、たらふくご馳走は食べられるので、身内の者が竜神さまによばれるのでなければ、けっこう祭を楽しみにしている者も少なからずいたのである。竜神祭はやると決まれば、それは一応祝いの儀式だった。

竜神村は貧しかった。貧しいのは何も竜神村ばかりではなかった。隣村も、またその隣の村も、おゆきの嫁いだ山向こうの村も、どこの村も皆貧しかった。冷害などで不作のときは、どこの村にも多数の餓死者が出た。

稲作が主だったが、村人が米を口にすることはほとんどなかった。白い米を食べることができるのは正月の元旦、結婚式や葬式、そして竜神祭の日などに限られていた。ふだんの食事は粟《あわ》や稗《ひえ》、芋などの粥《かゆ》だった。水を多めにして腹が膨《ふく》れるようにした。おかずは沢庵《たくあん》や茄子《なす》の漬物だけのことが多かった。梅干しひとつのこともあった。ふつうは一日二食だったが、一食だけになることも多かった。泥鰌《どじょう》汁などは大変なご馳走だった。やわらかそうな葉っぱや草の根を煮て、塩で味つけし食べることもあった。その中には旨《うま》いとはいえないまでも、そこそこ食べられるものがあるのを村人たちは皆経験的に知っていた。米は町へ持っていきカネに替えた。カネは鋤《すき》、鍬《くわ》、鎌《かま》などの農具や塩、砂糖などに変わった。米と物品と直接交換することもけっこう多かった。砂糖は祭などのとき以外はめったに使うことはなかった。町まで下りていくには朝早く起き、また帰りは夜遅くなった。

達吉の家では去年の春、家を普請《ふしん》するのに町から専門の大工を一人頼んだ。その大工は数日間、達吉の家の奥の部屋に泊まった。その間、三食付きで、夜はどぶろくを出してやった。麦めしと芋が食べほうだいのご馳走だった。大工仕事を達吉も積極的に手伝った。少しでも安く仕上げ、また早く帰ってもらうためである。豆や野菜はだいたい自分たちが食べるためのものだった。米を中心に作ったのはそれでもやはり米が一番高く売れるからであった。達吉の家には大きな柿の木が二本あったが、秋には食べきれないほどのたくさんの実をならした。余った柿は隣近所へ少しずつ配った。そうしておけば、その家ではまた何か他の食べ物を持ってきてくれた。それでも柿の実はかなりたくさん余り、一部は町へ持っていきカネに替えた。また残りは軒下に干した。柿はしわしわになりしぼんできて白い粉をふいた。干し柿は大切な冬の食料となった。

村では隣近所の者を、自分の家を中心として、その方角で北の家、西の家、東の家、南の家などとよんだ。北の家のおはる、西の家の誰それなどと。だから西の家から見れば、達吉は「東の家の達吉」ということになる。またほかのよび方もあった。たとえば大きな松の木の下に住んでいる亮平は「松ヶ下の亮平」とよばれた。亮平の祖母と達吉の祖父は姉弟だったから、亮平と達吉は又従兄弟《またいとこ》ということになる。亮平は達吉より5つほど年上の40代後半の働き盛りで、村祭など村全体で何かやるときはてきぱきと仕切った。亮平は子どもの頃から意志の強い子どもだった。幼い頃から、お田植えや稲刈りの時期には一緒に暗いうちから起き親を手伝った。亮平には妻と三人の子どもがいた。一番上が跡取り息子の新太で、がっしりとした大柄の体躯の青年に育っていた。その下に二人の娘がいて、上の娘は去年、山向こうの村へ嫁いで行った。末娘がしのといい、19歳になる。しのは目元の涼しいきれいな娘だったが問題があった。喋れない、あるいは喋らないのである。しのは5歳くらいの頃、突然声を出さなくなった。亮平の妻おみちは事あるごとに、しのが喋らなくとも炊事、洗濯などの家の仕事、またお田植えや稲刈りのときなども、ちゃんと役立っていることを強調した。しのが竜神さまによばれることを怖《おそ》れたのである。また、しのは少しだが読み書きができた。少しとはいえ、この村で女で読み書きができるのはしのだけだった。それは亮平とおみちの自慢だったばかりでなく、竜神さまによばれないための一つの条件になると思われた。だが、一方でそれはしのが同じ年頃の村の娘たちから疎まれる原因のひとつにもなっていた。しのは朝早くから、よく竜神川のほとりを一人でふらふら歩いていることがあった。嵐のあとなども、橋の上から渦巻く濁流を飽きもせず見つめていた。また台所に一人でいるときなど、包丁を手にじっと自分の手首を見つめていることもあった。

おたみは昔から生まれつき丈夫で、達吉はおたみが風邪をひいて寝込んだりしたのを一度たりとも思い出すことができなかった。しかし、おたみは70歳を幾つかこえている。今までは達吉が、

「お婆《ば》あ、そろそろ竜神さまをよぶべか？」

と、かなり露骨に聞いても、おたみは冗談のように受け取り、

「まだまだ、まだまだ」

と、笑って早口に答えるだけだった。こういう時りくはいつも、

「まだでええ、まだでええ」

と、調子を合わせるように早口で言い、おたみと顔を見合わせ達吉を笑うのだった。困ったもんだと達吉は思っていた。達吉自身はまだ40歳を少し出ただけで体力は十分あったが、足のこともあり、おたみを竜神湖へ連れて行くのはこれから年々きつくなりそうだった。だが、じょうぶだったおたみも今年になってから目立って足腰が弱ってきた。それでおたみもやっと竜神さまをよぶ決意をしたのだった。70歳になったら竜神さまをよぶ、それはこの貧しい村で自然発生的に生まれた厳しい掟だった。70歳を少しくらいこえていても足腰がじょうぶなうちは竜神さまをよばなくとも、村の人たちは比較的大目に見てくれていた。それは以前、竜神湖に置いてこられた年寄りが、あとで一人で戻って来てしまうということがあってはならないことが起こったという噂があったからだった。

半月ほど前、達吉はおたみとそろそろ竜神祭をという話をしていた。おたみ自身も最近は自分の身体が身体なのでもはや納得しているようだった。しかし傍で聞いていたりくは達吉に言ったのだった。

「おめえさん、祭は来年でもいいいんでねえの？　今年は豊作になりそうでねえか」

たしかに今年は雨の降る時期にはしっかりと降り、また夏はちゃんと暑くなった。一日だけの稲の花が咲き、サーッと風が吹くと、乳白色の真珠のような花粉が雪のように舞った。そして今、稲はしっかり実をみのらせようと、ぐんぐん空へ向かって伸びていた。だが、達吉は言った。

「来年なんつう年はいつまで経ったって来ねえ。おら家《い》の婆さまにだけ竜神さまをよばねえわけにはいがねえべ。村の掟は守らにゃなんねえ」

おたみが二人をとりなすように、

「ええだ、ええだ。年くって竜神さまさよばれるのは当たりめえだ。ややっ子でも竜神さまさよばれることもあるだからなあ。おらももうこの頃は早く竜神さまさよばれてえもんだと思い始めてただよ。負け惜しみなんかでねえだ。本当だぞォー」

70歳をいくつもこえているのにまだ竜神祭をやっていないので、世間体もあり達吉はずいぶんと肩身の狭い思いをしているのだろうとおたみは思ったのだった。おたみは改めて、いつのまにか自分が村の最高齢になっているのをしみじみ思った。おたみが村の最高齢になってからすでに数年経っていた。村の2番目の年寄りはまだ60代半ばである。おたみは少し恥ずかしいと感じていた。年をとってから身体は痩せてきたが、丈夫なせいか、70歳を過ぎてもおたみの食欲はあまり衰えなかった。もんぺの下のりくの腹が少しせり出してきていた。おたみが竜神祭を決意したのは、それも大きな理由だった。去年までは竜神さまをよぶのをあんなに嫌がっていたのを考えると、今は相当な覚悟をしているのだなと達吉とりくは思った。

おたみは、亭主の政吉は本当に運がよかったなあと思った。政吉は10年ほど前、突然倒れ三日三晩大いびきをかいたあと亡くなったのだった。しかも弥生（3月）の終わり雪の解け始める頃である。けっこう働き者でもあった政吉は立派な死に方をしたと賞讃され、またうらやましがられもしたのだった。村ではお田植えや稲刈りなどの忙しい時期に死ぬと、いくら働き者であっても生前のささいなことまで悪口のたねにされた。冠婚葬祭については村中で協力して執り行い、特に親戚すじの者は率先して手伝った。寝たきりで長患いするのももちろん迷惑千万なことだった。そういう場合は臭うというので、たいてい土蔵の隅にそのまま寝かせておくのが普通だった。食べ物をあまり与えないようにして、自然に竜神さまによばれるのを待った。だが、それでもなかなかのときは背負って竜神湖へ連れて行った。おたみは政吉のように忙しくない時期にポックリと竜神さまによばれたいものだと思っていたが、それはもう無理のようだった。

達吉は妹のおゆきに、おたみに竜神さまをよぶことをしらせなかった。事が終わってしばらく経ってからと考えていた。仁平のこともあり、おゆきにこれ以上心労をかけさせたくなった。おゆきは数年前亭主に死なれ、その後残された二人の子どもを女手ひとつで育てていた。仁平の下に3つちがいの妹がいた。おゆきは田畑の大半を売り養蚕を始め、細々と生計を立てた。残されたわずかな土地で芋や野菜などを栽培し、自分たちの食糧としていた。

竜神さまは百年に一度怒るといわれていた。怒ると空は一天かき曇り暗雲がたれこめる。やがてすさまじい雷雨となり、竜神川は大洪水を起こし村を丸ごと一気にのみ込んでしまうというのだった。だが、もうその体験者は誰もいなかった。ただ、おたみだけは子どもの頃実際に体験したという古老からその話を聞いたことがあった。また、「怒る竜神さま」という唄があって、今ではもう誰もその唄を覚えている者はなかったが、おたみだけが覚えていて歌うことができた。それは次のような唄である。

怒る竜神さま

竜神さまが怒る日にゃ
西の大きな木の下へ
幼子《おさなご》連れて婆《ばば》連れて
西の大きな木の下にゃ
長いぬけ穴通じてる
そこを通って逃げりゃいいい
穴をずうっと抜けてげば
明るい光が見えてくる
天の空まで続いてる
竜神さまが怒る日にゃ

西の大きな木の下へ

西の大きな木というのが謎だった。村の西の方はただの荒地で木など一本も生えていなかったからである。

また、もうひとつ村に古くから伝わる唄に子どもを寝かしつけるときに歌う「竜神子守唄」というのもあった。

竜神子守唄

坊《ぼん》よ、良い子だ寝んねしな
寝なけりゃ竜神さまをおよびして
坊よ、良い子だ寝んねしな
寝てる間に婆さまは
竜神さまに招かれて
谷や峠を越えて行く

ほんにきれいだ婆さまは
黙ってきれいに清らかに
この世のものとは思えない
七色沼が見える頃
竜神さまが現れる
坊よ、良い子だ寝んねしな

「坊よ」のところは女の子であれば「嬢よ」と言い換えてもよかった。「婆さま」は「爺さま」でもよさそうなものだが、だいたいは婆さまより爺さまのほうが年上だったし、何といってもやはり男は竜神さまによばれるほど長生きしない場合が多かったのだろう。

仁平は達吉の家に来たばかりの頃、朝が遅かった。達吉がふとんをひっぱがそうが枕を蹴飛ばそうが土のように眠り込んでいて、日が高くなってからやっと起き出すこともしばしばだった。もちろん田畑に出てからはけっこうちゃんと働いたが、村では朝寝坊なのはそれだけでも怠け者として見られた。ところが最近は言われなくとも自分から早く起き「おら、ちょっくら水見《みずみ》さ、行ってくんべ」などと言って、朝餉《あさげ》の前に田んぼへ出かけて行くのだった。最近は水見は仁平の仕事になっていた。水見というのは自分の田んぼにちゃんと水が回っているかどうか見ることである。田んぼの水の取り入れ口には板が差し込んであり、それで小川からの水の量を調節した。水見は単純な仕事だが、村人たちの大切な朝のおつとめだった。達吉は仁平がここに来て、それなりに成長してきているのだと思うと少し嬉しかった。

ある朝、仁平が水見に行ったあと、達吉も庭の畑の仕事が早く終わったので、久しぶりに水見に行ってみることにした。みくも付いてきた。

田んぼにはちょうど適量に水が回っていた。だが、仁平の姿が見えなかった。みくが達吉の手をひっぱって言った。

「お父《と》う。ほら仁平兄《あん》ちゃ、また……」

達吉がみくのうながす方を見ると、竜神川の堤の上に仁平としのがいた。仁平は水見のあと、ついでにしのと会っていたのだった。というよりしのの顔見たさに水見に来ていたのだろう。しのはよく達吉の家に来てみくと手鞠などをして遊んでいた。その時に仁平がしのを見染めたのだろうと達吉は思った。手鞠はおたみが織糸の切れ端をつないで巻き上げて作った。おたみの作ったその手鞠はできるかぎり巻きつける糸を多くし、しんに綿を丸めて入れたのでよく弾んだ。

　しのは堤の木の下にしゃがみ、仁平はその傍に突っ立って二人で黙って竜神川を見ているだけである。だが、仁平は今まで達吉などには見せたことのないような幸福そうな表情を浮かべていた。これはどうしたものかと達吉は思った。やがて二人はあっけなく別れ、しのは川下の方へ歩き始めた。その後ろ姿を仁平は恍惚とした表情で追った。しのは年下の仁平など相手にしないだろう、どうせ無駄骨なのにと達吉は思った。

　達吉とみくは仁平のほうへ近寄って行った。仁平は二人に気づくと困ったような表情をした。達吉は笑って言った。

「仁平、おめえおら家《い》さ来ていがったな？」

仁平はばつが悪そうに横を向いた。

村では赤ん坊の死産が非常に多かった。だが、それには裏があった。東の家では去年の夏、赤ん坊が死産したと言っていたが、村中誰もそんなことを信じる者はいなかった。皆間引きしたと思ったのである。だが、それを口に出して言う者はなかった。どこの家でも皆同じようなことをしていたのである。この辺りの村では毎年かなりたくさんの赤ん坊が産まれたが、それは貧しいだけに夜の愉しみが少なかったからだろう。

達吉にも苦い記憶があった。それは今から何十年も前の達吉がまだ子どもの頃のことである。妹のおゆきが産まれてから数年経ってまた赤ん坊が産まれた。赤ん坊がまだ目も開かないうちに、親爺の政吉は濡れ手拭いを赤ん坊に被せ、上から両手で押さえつけたのだった。赤ん坊は産まれたての赤ん坊とは思えぬほどの激しさで暴れた。達吉は障子の破れ目から気づかれぬようその様子を見ていたのだった。濡れ手拭いの間から洩れている声——というより音は今も達吉の耳の奥に残っている。だが翌日、それは村の人々に死産として報告されたのだった。
達吉はりくの腹の中の3番目の子はどんなことがあっても育てあげようと思っていた。

達吉の家に来た初めの頃の仁平はどこか暗い眼差しの線の細い少年だったが、時が経つうちに青白かった顔もしだいに日焼けし赤みを増してきていた。おゆきが仁平を連れて来たとき、おゆきの目の下には青いあざができていた。それを見て達吉は仁平を預かることに決めたのである。一人増えれば食い分も一人増えることになる。特に仁平は育ち盛りである。しかし、りくが身重であることを考えれば仁平は必要な働き手になるかもしれないという思惑もあった。実際、仁平はいま力仕事に必要な存在になっていた。

仁平が達吉の家に来て間もないある晩のことだった。お田植えのあとしばらく雨が降らず、竜神川の水位が下がり田んぼの水が涸れ始めていた。それで暗くなってから達吉は夕餉の前にまた水見に行ったのだった。達吉はなかなか帰って来なかった。夕餉の仕度がほとんどでき上がった頃、おたみは心配そうに言った。

「達吉ィー、遅えなあ」

いい年をした達吉をおたみは何でそんなに心配するのだろうと仁平は思った。おたみは達吉の足を心配していたのだった。季節の変わり目は特によくなかった。達吉の足については自分に咎《とが》があると思い、それは今でもおたみを人知れず苦しめていた。おたみは仁平に言った。

「川さ行って、夕餉の仕度ができたと達吉呼んで来てくろ」

仁平はあまり気は進まなかったが、達吉を呼びに家を出た。

達吉が水見に行ってみると、小川の水はもうチョロチョロとしか流れていなかった。田んぼの水が涸れ始めているのが月の光でそれと知れた。達吉が堤に上がってみると、竜神川の水位がまた一段と下がっていた。小川へと水が流れ込む所が石や砂礫《されき》で堰《せき》になってしまっていた。達吉は急いで石や砂礫をどかし、小川へ水を流れ込ませようとした。だが、つい慌てて転んで足の古傷を河原の石にぶっつけてしまった。時節柄ただでさえ調子が悪いのに、達吉の足はまたよけいジクジクと疼いた。達吉は足が痛むのも構わず必死で水の道すじをつけようとした。竜神川の水がやっと少しずつ小川へと流れ込んだ。そこで達吉はやっと一息ついた。汗が首すじから胸元へと流れていた。竜神川の水位はまだ下がる危険もあったが、あともう少し深く掘り込んでやれば明日いっぱいくらいはもつだろうと思われた。

達吉は月を見上げ、ふとおたみのことを思った。年が明けてからおたみはめっきり足腰が弱くなり、もう竜神さまへ行きたくないとは言わなくなっていた。もうおたみなりに覚悟しているのではないか、おたみは若い頃から器量はともかくとしても、骨身惜しまず朝から晩まで一生懸命働いたのになあと達吉は思った。達吉は幼かった頃、冬場に足が痛みなかなか眠れなかったとき、おたみが腹で温めてくれたことなどを思い出した。達吉はなんだか涙がこぼれそうになった。

その時だった。

「おじき！」

後ろから呼びかける声がした。

「お婆あが、夕餉の仕度ができたで早う来うと」

「わかってる！　待ってなくてええから、皆で先に食ってろ。もうすぐ終わるだ。おめえも帰ってろ！」

　達吉は背を向けたまま仁平をいきなり怒鳴りつけた。仁平は驚いて目を白黒させ、またせっかく伝えに来て叱られ損だと思った。一方、おたみ婆あはおじきのことを本気で心配してるんだなあと改めて思った。

　翌日は久しぶりに雨が降り、それから水の心配はなくなった。


　仁平はまた仁平なりに問題を抱えていた。仁平の親父が亡くなってから、お袋おゆきは跡取り息子の自分を頼りにするというのだが、それは仁平に重荷にもなっていた。おゆきは仁平が大きくなったらまた田畑を買い戻し、それなりの農家になろうというのが夢だったが、それは仁平には自分の一生をこの土地へ縛りつけられるだけのように思えた。だが、だからといってその代わりに自分のやりたいことがはっきりしているというわけでもなかった。百姓が嫌だったら、町へ出て城づくりなどの人足をやりながらカネを貯め商売でも始めるのか。そんな大金をそう簡単に稼げるだろうか。はたまたいちかばちかで命を賭け積極的に戦に参加し手柄をたて武士をめざすのか。百姓の出であっても、手柄をたて下級とはいえ武士に成り上がっている者が少数ながらいることはいた。それとも野盗の群れへでも入ろうか。隣村の知り合いには実際に野盗の群れに入った若者もいた。野盗に入れば、まず食べることには不自由せずにすむかもしれない。だがそれは自分が育ったような村から食糧を略奪することを意味していた。実際、山二つ越えた谷間《たにあい》の村では野盗に襲われたあと、大半の村人が餓死したのである。戦に参加するのも野盗に入るのも、下手をすれば命を失ってしまうかもしれない危険なことでもあった。

仁平には自分の明日が見えなかった。気づいたとき仁平は鬱屈《うっくつ》した思いをおゆきに対する暴力へ変えていた。初めはお袋へではなく近くの林へ行き木の幹を素手で殴って自ら血を流していた。初めてお袋を殴ったのは一年ほど前だった。売った田畑を早く買い戻し立派な働き手になってほしいと言われたのにキレたのだった。一度禁忌が破られるとそれからはささいなことでお袋を殴ったり蹴飛ばしたりするようになった。

一度殴り始めると仁平はなかなか自分を止めることができなかった。妹は初めただ泣いて見ているだけだったが、のちには仁平にしがみつき必死に止めた。仁平は妹には手を出さなかった。おゆきはまだ30代だというのに髪がほとんど白くなっていた。達吉の家で仁平をしばらく預ろうという話になったとき、仁平はそれを拒まなかった。

竜神祭の朝、達吉はいつもより早く起きた。昨夜はあまり眠れなかったが眠気はなかった。昼前まではいつもどおり田畑の仕事をした。おたみは家の前の小川で洗濯をした。その後、いつものようにみくに針の穴に糸を通してもらい古着の繕いなどをした。これが自分の最後のおつとめだなあとおたみはしみじみ思った。りくは昼前から芋の煮物などをつくり始めた。昼過ぎからは村の女数名が手伝いに来てくれた。

竜神祭は村のはずれの白竜神社の境内で、日が沈んでから行われることになっていた。老若男女、幼い子どもまで村中の者が集まるのだった。

昼過ぎからは達吉もご馳走をつくり始めた。庭のいけすに飼っておいた数匹の鯉をとって鯉こくをつくった。大鍋に水を入れ煮立たせ輪切りにした鯉を入れ、醤油と砂糖で甘からに煮た。こんな時は砂糖も使った。どぶろくはすでに皆が飲みたいだけ飲めるよう3つの大きな甕《かめ》に準備しておいた。達吉は甕を開けて中を覗いてみた。するとひとつの甕が少し減っていた。

「畜生！　仁平の奴」

達吉はこっぴどく叱りつけてやろうと思った。先日、とろんとした顔の仁平が達吉と顔を合わせるのを避けるようにしたのはこのことだったのかと思った。だが、達吉は白く淀んだどぶろくを見ているうちに自分も飲みたくなってきた。そうすると矢も楯もたまらず、柄杓《ひしゃく》に一杯掬《すく》ってグビグビと飲んでしまった。少し甘味を帯びたどぶろくは胃の腑にしみるようにうまかった。一杯飲んでしまうと達吉はもうどうにも我慢できず、また柄杓で二杯目を掬った。二杯目はじっくりと味わって飲んだ。「仁平が悪い」と達吉はぼやいたが、もう仁平を叱りつける気力は失せてしまった。仁平はみくと一緒に畑へ茄子もぎに行っていた。どぶろくはまだ十分にあった。米は大釜で二回に分けて炊いた。この日ばかりは米を出し惜しみするわけにはいかなかった。亮平の家でも数名分の米を炊いてくれるということだった。また西の家からは干し魚や漬物などを差し入れてくれる手はずだった。

その後、達吉は囲炉裏《いろり》の側で胡桃《くるみ》の実を平たい石の上にのせ硬い石を打ちつけて割った。胡桃は蔵の土の中に去年からずっと貯蔵しておいたものだった。栄養もあるし、酒のつまみにもなった。達吉は実を割りながら台所で沢庵を切っているおたみに言った。

「今夜の祭りはお婆あが主役だなあ」

「最初で最後の主役だあー」

おたみは歯の欠けた口を開けて笑った。そう言ったあと、何十年も前の結婚式のときも自分が主役だったような気がした。おたみは隣のそのまた隣の村から山を越えこの村へ嫁いできたのだった。おたみは側で見ていたみくと力丸に言った。

「今夜はたんとご馳走が食えんぞ」

「ごっそう、ごっそう」

力丸は嬉しそうだった。みくは黙っていた。

手伝いに来ていたしのが小川で米を研《と》いでいると、おたみがやって来て声をかけた。

「おしの、おめえにまで手伝ってもらってすまねえなあ」

しのは何でもないというふうに首を振って微笑んだ。おたみはしのと並んで野菜を洗いながら、

「おしの、おめえがもう本当にしゃべれなくなっちまったのか、それとも自分からしゃべらねえのか、それはおらにはわからねえ。けんど、しの、おめえはしゃべらなくともよく気のつく優しい娘《こ》だ。それがおらにはよくわかる」

おたみはしのが同じ年頃の娘たちから、陰で何かととげのあることを言われていることも、また人知れず手首を自傷したことも知っていた。

「しの、おめえはまだ若え。生きてさえいりゃあ、きっとまたいいことがある。生きたくとも生きられなかった命もあるだからなあ」

しのはおたみをじっと見つめた。だが、しの自身さえ本当はもう自分が声を出せるかどうかわからなかった。あの日以来、しのは一言も声を出したことがなかった。しのは一人で竜神川のほとりにいるときなど、ごくたまに自ら一生懸命声を出そうとすることもあった。だがいたずらに胸の動悸が高まるばかりで、声はどうしても出なか

った。あの日――それは今から十数年前のことである。

それはしのが5歳の夏のことだった。亮平は70歳を過ぎた親爺の弥平に竜神さまをよぶことにした。弥平は少しほどけ始めていたが、足腰はまだしっかりしていた。亮平は弥平を竜神湖の岩場に置いてきたのだが、その弥平が月の光を頼りに夜中に家に戻って来てしまったのだった。夜中に戸を叩く音がして外で泣き声がした。亮平は初め中へ入れまいと思ったが、隣近所に気づかれてもまずいと思いいったんは家の中へ入れた。そして隣村の親戚の所で匿ってもらおうとうまく弥平を説得し外へ連れ出した。妻のおみちと伜《せがれ》の新太も途中まで見送ることにした。しのとその姉は家に残っているはずだったが、あとから隠れて付いて来てしまった。竜神川の橋の畔《たもと》まで来たとき、亮平はいきなり弥平の腕をとらえ有無を言わさず土手をひきずりおろした。亮平は弥平を抱えるようにして浅瀬から深みへと引きずり込もうとした。弥平も何が起こっているのか、やっとわかり懸命に抵抗した。亮平は弥平の首根っこを掴《つか》まえ水の中につけた。だが、小柄な痩せた身体のどこにそんな力が残っているのかと思うほどの必死の力で弥平は亮平をはね飛ばした。弥平は振り向きざま目を剥《む》いて「なして⁉」と一声叫び浅瀬の方へ這《は》って逃げようとした。亮平はそうはさせまいと弥平の足首をひっつかまえ再び水の中へ引きずり込もうとした。だが、最後の力を振りしぼって暴れる弥平に亮平は手こずり、「おみち！」とさっきから成り行きをオロオロしながら見ていたおみちに声をかけた。おみちもすぐに亮平に加勢し二人がかりで弥平を水中に押さえこんだ。しかしおみちは弥平が苦しそうに口から泡を吐くのを見て途中で手を放してしまった。弥平は水面から顔を出すと苦しそうに息をついた。その時だった。新太が勢いよく飛び出してきて、物も言わず弥平の頭を亮平と一緒にグイグイと水中に押し沈めた。新太はこの時まだ11歳だったが、年の割には身体も大きく力があった。弥平はしばらく水中で死に物狂いで手足をバタつかせていたが、やがて黒い血をゴボゴボと吐き動かなくなった。亮平と新太はそれでもしばらくの間、弥平の頭をそのまま水中深く押さえつけていた。その様子をしのは姉と一緒に草叢《くさむら》のかげから一部始終見ていたのである。次の日からしのはいっさいしゃべらなくなった。それからしばらくして、弥平は家の者に殺害され、北の裏山に埋められたのだという噂が陰でささやかれた。

その日、陽が緑の山の端に沈む頃、村の集落の中ほどにある火の見櫓《やぐら》の半鐘がゆっくりと鳴り始めた。半鐘は火事などの災害時の場合は早く打ち鳴らし、この日のように祭りのしらせのときはゆっくりと鳴らされた。

やがて薄暗くなりかけた頃、若い男たちが担《かつ》ぐおたみを乗せた御輿《みこし》が、白竜神社の鳥居からゆっくりと入って来た。おたみは薄化粧をし、一番上等の着物を着て穏やかな笑みを浮かべている。化粧などするのは政吉のところへ嫁に来て以来だった。神社の境内には篝火《かがりび》が焚かれ、またところどころに蝋燭《ろうそく》が灯されている。正面上座はゴザが敷かれ、その中央には畳が置かれ一段高くなっていた。そこから対面するように、長くゴザが敷かれすでに村人たちが座っていた。正面には達吉の家の者が座った。仁平も正面に座っていたが、しのさがどこにもいないなと思った。やがて御輿が正面に下ろされ、おたみは中央の畳の上に座った。

「そんでは竜神祭を始めんべえ！」

亮平が立ち上がり、皆によく通る声で声をかけた。亮平はおたみの前へ進み深く礼をして言った。

「おたみ婆さま、明日は竜神さまへ招かれおめでとうさんでなし」

この辺りでは丁寧に言うとき、「――でなし」と最後になしを付けた。亮平はそのほかに明日は晴れそうでよかった、などと一通り儀礼的なことを言った。その後、達吉が皆へ簡単に礼を言い、最後におたみが「今日はおらみたいなモンのために祭をやってくれてありがとさんでなし」と言ってしめくくった。

どぶろくが皆の湯呑みに注がれた。子どもたちにも薄めて甘くしたどぶろくを飲ませた。鯉こくをはじめ干し魚などふだんでは考えられないたくさんのご馳走が出された。何年ぶりかで喉を通るどぶろくの味をおたみはじっくりと味わった。やがて白米の温かい握り飯が配られた。おたみは上座にちんまりと座り、薄い塩味のするホカホカの白い握り飯を目を細め頬ばった。

しばらく皆で飲んだり食ったりしたあと、突然お囃子《はやし》が始まった。いつのまにかヒヨットコの面を被った男たちが太鼓を叩《たた》き、笛を鳴らし始めた。と見ると、鳥居の向こうの暗闇の中から同じくヒョットコの面を被った褌《ふんどし》ひとつの半裸の男たちが鎌《かま》や鍬《くわ》をてんでに持ち疾風《はやて》のように現れた。中央に来ると鎌や鍬を振り上げお囃子に合わせ勇壮に踊り始めた。場は一気に明るくにぎやかになった。だが泣き出す子もいた。みくは、目を丸くして見ている力丸の手を握った。おたみは恍惚とした表情で踊りを見ていた。

亮平が近寄ってきてどぶろくを飲んでいた達吉に手招きした。達吉はきっとあのこ、とだろうと思った。亮平は達吉を神社の陰の方へ連れて行くと、

「達吉、辛えおつとめかしんねえが、長生きすればこればっかりはしょうがねえことだからな」

と、一応はねぎらいの言葉をかけ、それからやはり竜神湖までの具体的な道すじや年寄りを連れて行く者の心構えなどを話した。

「湖までは一本道だで道に迷うことはねえ。だが、陽《ひ》の沈む前に必ず湖に着くようにすろよ。陽が沈むと急に水が満ちてくるだで。湖には昔から巨大な竜が棲んでるっつう言い伝えがあるだ。けんど実際に見たモンはねえ」

それから亮平は達吉をじっと見すえ、声をひそめて言った。

「そこでの竜神さまの大事な掟はただひとつ。婆さまを湖の中の岩場さ置いたあと、決して振り返ってはなんねえ。いいか、絶対に振り返ってはなんねえぞ。振り返れば――」

亮平はあとの言葉をのみこみ達吉を見つめ、

「わかっただな?」

「ああ」

と、達吉は深く頷いた。祭囃子の音が達吉の耳に震えるように聞こえていた。

その夜、祭のあと達吉の家族は家へ戻ると灯《あか》りを消し皆すぐに寝た。おたみはいつものように力丸を抱いて寝かしつけた。力丸が眠りつくまでおたみは「竜神子守唄」を歌ってやった。「坊よ、良い子だ寝んねしな」の箇所《かしょ》だけを何回も繰り返した。そのうち力丸は軽い寝息をたて眠ってしまった。おたみは力丸を抱き上げ、隣の子ども部屋へ連れて行きみくの隣へ寝かせた。

達吉はたくさんどぶろくを飲んだにもかかわらず、その夜なかなか眠れなかった。

浅い夢の中から何回も目覚め、かえってしだいに頭が冴えてきた。隣で寝ているりくはじっと硬い背を見せていた。
おたみもまた寝つかれず、夜中何度も目を開けた。おたみはまた子ども部屋へ行ってみた。月の光が窓から差し込み中は薄明るくなっていた。みくも力丸もぐっすり眠っているようだった。力丸は薄い布団《ふとん》から飛び出し、小さな大の字になっていた。おたみは力丸を抱き上げ頬ずりし、それから布団に戻した。隣で寝ているみくの頬を、おたみは皺《しわ》だらけの指でそっと撫でた。達吉もおたみも夜をこれほど長く感じたことはなかったが、それでも朝は確実に近づいてきていた。一番鶏が鳴き二人が家を出ようとしたとき、りくもみくも固く目を閉じ動かなかった。奥の部屋に寝ていた仁平がゴロンと寝返りをうった。力丸のクウクウという心地よい寝息が聞こえていた。

東の空が白々と明るみかける頃、達吉とおたみはひっそりと家を出た。外はしんと静かで今朝は村中誰一人早く起き出す者はなかった。達吉はゴザを一枚と米の握り飯数個を持った。また泉の冷たい水を竹筒に入れた。竜神橋を渡り山の麓まで田畑や野原の間の平坦な一本道を、達吉はずっとおたみの手を曳《ひ》いて歩いた。おたみの手は小さくもろそうに感じられた。達吉は子どもの頃、夏の夕焼けの中をもぎたてのキュウリや茄子《なす》を入れた大きな籠《かご》を背負ったおたみに手をひかれたときのことを思い出した。あの日のおっ母《か》あの手は大きくて強くてあったかだった。

山の端から朝陽《あさひ》が徐々に昇り始めていた。達吉とおたみはただ黙々として歩いた。野道には赤や黄の名も知らぬ草花が咲き乱れ、すでに秋のにおいがした。山の麓に着いた頃には辺りはすっかり明るくなっていた。空は静かに晴れ渡り、綿のような小さな白い雲がところどころにプカリと浮いていた。

山道に入ると、かなり急な坂になった。達吉はおたみを背負った。こんなにも軽いものかと達吉は思った。登りきると緩やかな下り道となった。「降りんべ」とおたみは達吉に声をかけた。おたみがあまりに軽いので、これならずっと背負って歩いたほうが竜神湖に早く着けるのではないかと達吉は思った。だが、あまり早く着き過ぎるのもそれはそれで考えもんだった。それから達吉とおたみは歩きに歩いた。喉《のど》が渇いてきたときは竹筒の水で喉を潤した。

二つ目の峠を越え、坂道をしばらく下って行くと谷川が見えた。谷川には細い吊り橋が架かっていた。達吉はおたみを背負うと、釣り橋の綱につかまり進んだ。吊り橋は風はなくとも大きく揺れた。

「おっかねえ」

と、おたみは言った。

「目ェ、つぶってるもんだ」

達吉が下を覗くと激流がとぐろを巻き誘っていた。この谷川も竜神川へと流れ込んでいた。


その朝は村人たちは皆昼近くなってからそろそろと起き出した。達吉の家でもそうだった。起き出してきた力丸は目をこすり、すぐにおたみがいないのに気づき、

「お婆あは？」

と、りくに尋ねた。いつもは力丸が起きる頃おたみは家の中で朝餉の仕度をしていたのである。

「お婆あは神さまになっただよ」

と、りくは答えた。

「神さま？」

力丸は目を丸くした。そして、

「もう帰って来んの？」

と聞いた。

「ああ」

と、りくはよそのほうを向いたまま頷いた。力丸ももうそれ以上は尋ねてこなかった。


達吉とおたみがしばらく平坦な道を歩いていくと、崖の岩肌から溢れるように水がしみ出していた。達吉とおたみはそれを手で掬って飲んだ。

「しゃっけくて、うめえなあ」

と、おたみは言った。達吉は軽くなっていた水筒に水を詰めた。ふと気づくと、軟らかくなった地面には新しい足跡が続いていた。他の村でも最近竜神さまからお迎えがあったんだなあと達吉は思った。

達吉は手頃な岩にゴザを敷きおたみと一緒に腰かけた。達吉は持ってきた握り飯を取り出し、ひとつおたみに手渡した。

「ほんに昨夜《ゆうべ》も今日も、こんな白いおまんまが食えるだもなあ」

と、おたみはほんのりと塩味のする握り飯をうまそうに頬ばった。

三つ目の峠を越えると眼下に七色沼《なないろのぬま》が見えた。達吉とおたみは思わず目を見はった。七つの沼が陽光を受け嘘でも誇張でもなく本当にそれぞれ七色に輝いているのである。

おたみは恍惚とした表情で言った。

「ほんにきれいなもんだなあ。七色沼を見れただけでも、おらはほんにしあわせもんだ」

「ああ、ほんにおっ母あはしあわせもんだ」

それは文字通りこの世のものとは思えない美しさだった。青や緑はともかく、赤や黄色に見えるのは何故《なぜ》なのか。沼の底の土のせいか、それとも周りに生えている草木や花々のせいなのだろうか。少し休んだあと、二人はまた歩き始めた。七色沼まではつづら折りのゆるやかな下りだった。赤と緑の沼の間を通りぬけると濃紺の沼が現れた。それは静かに深く底なし沼のように見えた。七色沼を通り過ぎ、からまつ林に囲まれた坂道を上りきると、いきなり目の前が開け眼下には青く澄んだ竜神湖がはるか彼方まで拡がっていた。湖の両側の峰の青い稜線はゆったりとした弧を描き彼方へ消えていた。達吉とおたみは、ゆるやかな細い坂道を下りて湖畔に出た。しばらく歩くと湖面から櫓《やぐら》のように突き出た平たい岩場が見えた。ああ、ここなのかと達吉は思った。

「とうとう着いたなあ」

達吉は言った。

「ああ、とうとう着いた」

おたみも感慨深げに言った。達吉はおたみを背負い岩場へ一歩一歩向かっていった。水は達吉の膝下までしかなくひんやりと冷たかった。達吉には岩場までがやけに長く感じられた。やっと岩場に着くと、達吉はその上にゴザを敷きおたみをおろした。おたみはその上に正座し懐から数珠を取り出し握りしめた。達吉がまだ水の残っている竹筒を渡そうとすると、おたみはそれを押し返し、

「おらの周りにはこんなにいっぱい水があるだから」

と言って笑った。

「お母あ……」

達吉の声は微かに震えていた。湖水は一刻も経たないうちにおたみを丸ごとのみ込んでしまうだろう。おたみは静かに達吉を見て言った。

「達吉、足大事にすろよ」

達吉は黙って頷いた。達吉は何でもよいからもっとおっ母あと話したいと思ったが、もう何も頭に浮かばなかった。おたみは達吉をじっと見つめ小さく頷いた。達吉はくるっと踵《きびす》を返し、水の中をジャブジャブと急いで向こう岸へ渡った。

達吉は夕陽の沈む中を「振り返っちゃなんねえ、振り返っちゃなんねえ」と早口で呪文のように繰り返しながら、逃げるように小走りに歩いた。近くの湖畔の林では蝉が激しく鳴いていた。突然バシャッという大きな音がし、達吉はギクッとして振り向

いた。と見ると、湖面を突き破り赤い巨大な竜がその姿を現していた。だが、それは一瞬の錯覚で実際にはおたみよりも大きいほどの緋鯉が湖面からはるかに高く飛び上がり、夕陽を浴び一際《ひときわ》赤く輝いたのである。大きな夕陽がぐんぐんとその姿を山の端に沈ませようとしていた。夕陽よ止まれ！　達吉はおそるおそる今来た道を振り返った。いいだろう、もう一度、もう一度だけでよいからおっ母あの顔が見たい。気づかれないように、おっ母あの顔を見たらすぐに戻ってくればよい。達吉は今来た道を引き返した。

達吉は岩場の近くまで来ると、おたみに気づかれないようかがんで水草の間から様子を窺った。おたみは岩場の上で目を閉じ、数珠をこすり合わせ念仏を唱えていた。湖面は徐々に上昇し、岩場をのみ込もうと迫っていた。おたみの後方には湖が果てしなく拡がり、湖面は夕陽にキラキラと燃えていた。おたみはさながら菩薩のように見えた。パシャッと水鳥の飛び立つ音がした。おたみは目を開け達吉に気付いた。達吉は立ち上がり息を震わせると、もうおたみから目を離すことができなかった。おたみは達吉の方へ手の甲を向け、もういいから去《い》んげとでもいうように小さく手を振った。

「おっ母あ！」

喉《のど》の奥からふりしぼった達吉の叫びが夕焼けの空を鋭く切り裂いた。達吉はもう自分を抑えることができなかった。達吉は今はもう太股《ふともも》のあたりまである水をかきわけおたみに近寄った。驚き目を丸くしているおたみを抱きしめ達吉は言った。

「何とかする！　おらがきっと何とかする」

静かに夕闇が二人を包んでいくなか、達吉の両の眼からボロボロと涙がこぼれた。


達吉はおたみを背負い帰途を急いだ。達吉の草鞋《わらじ》の一方は湖の中に脱げ落ち、またもう片方の鼻緒は切れてしまい、達吉はすでに両足とも裸足になっていた。右足はまた少し痛んだが、何としても夜明けまでに村に戻らねばならなかった。満月が二人を後押しするように夜道を明るく照らしていた。ホウホウという鳴き声がし、見上げると櫟《くぬぎ》の木の上からみみずくが不思議そうに達吉を見ていた。

「おっ母あ、みみずくが」

返事はなかった。クウクウと軽い寝息をたてておたみは達吉の背でぐっすり眠ってしまっていた。

東の空が仄白《ほの》くなる頃、二人はやっと竜神村へ着いた。二人は誰とも会わずに家へたどり着いた。家の者は皆寝ていたが、起き出してきておたみを見て驚いた。おたみは達吉の背からおりるとしばらく柱につかまっていた。眠い目をこすりながら起きてきた力丸は喜んでおたみに抱きついた。

「お婆あは神さまになんかなんかなんねえ」

そして、りくのほうを振り返って言った。

「おっ母あのウソつき」

達吉は皆に事情を説明し、おたみを蔵の中に匿《かくま》おうと言った。

「わかっただ。皆で何とかやってみんべ」

りくも覚悟した。

空は明るくなりかけていた。達吉はおたみを蔵へ連れて行った。それから蔵の隅の軟らかそうな土の所を鍬で掘り始めた。しばらく掘るとまた足が痛みだした。達吉が鍬を傍に置こうとすると、その鍬を奪うように取り上げる者がいた。仁平だった。今度は仁平が懸命に土を掘り始めた。掘った土はずだ袋に入れ、りくとみくが交代で裏庭の草叢《くさむら》の中に運んで棄てた。手のあいている者が、家の前でそれとなく見張った。

こうして、おたみは蔵の穴の中に匿われることになった。穴はおたみの背たけほどの深さで、おたみがやっと横になれるほどの大きさだった。階段状に土を掘り、上って出られるようにした。穴の上には板を被せ、その上にゴザを敷きわからないようにした。昼間はじっと穴の中にいるよりほかなかったが、夜は穴から出て蔵の中だけなら歩き回ってもよいことにした。昼間は誰か、たいていはみくが一応それとなく見張りをすることにした。食べ物は村人たちに気づかれないよう辺りを窺いながら蔵へ運んだ。また大小便は甕《かめ》の中にして、たまると取り出し厠《かわや》に棄てた。

やがて、秋が深まり大地は一面萌黄色《もえぎいろ》に染まった。稲穂が深く頭《こうべ》を垂れ、稲刈りが始まった。りくはこの村で一番稲を刈るのが速かった。だが、腹も大きくなってきていたので、稲刈りはほどほどにし、掃除や食事の仕度をした。代わりに仁平も達吉に教わりながら稲を刈ったが、鎌の扱いがまだまだ未熟でそう速くは刈れなかった。刈り取られた稲穂を運ぶのはみくも手伝った。向こうの田んぼでは亮平一家が同じように稲を刈っていた。しのはもんぺ姿も似合って見え、しのさは何を着てもきれいなもんだと仁平は改めて思った。達吉は刈り取りのすんだ田んぼに縄で十字に組んだ杭を打ち込んだ。そして皆で刈り取った稲穂をその十字に巻きつけていった。稲穂を乾かすためである。遠くから見ると、それはさながらわらぶき小屋のように見えた。

達吉は「少し休むべ」と声をかけ、それから仁平と一緒に杭のかげで小便をした。そのあと達吉は畔《くろ》の上に敷いたゴザの上に、仁平やみくと一緒に座った。竹筒に入れてきた泉の水を3人で回して飲んだ。皆、腹も減っていたがまともな食べ物はなかった。代わりに梅干しをひとつずつしゃぶった。それでもけっこう元気が付いたように仁平は思った。ふと見るとしのたちも休みに入ったようだった。しのは河原近くのこんもりとした林のほうへ歩いて行く。仁平はしのを目で追い立ち上がった。

「仁平兄《あん》ちゃ、あっちさ行がんなよ」

みくが咎《とが》めるように言った。

「行くわけねえべ」

憮然とした仁平の様子を見て、達吉は苦笑いした。

稲刈りが終わった。今年はまれにみる豊作だった。豊作とはいってもそれはそれで町の商人《あきんど》に買いたたかれる危険もあった。刈り取った稲穂はこきばしでこいて、それから唐臼《からうす》で脱穀した。唐臼は主にみくがぬかが取れるまで踏んだ。

秋はますます深まり周辺の山脈は真っ紅《まっか》に紅葉した。朝早くひんやりとした空気のなか、竜神川の河原に仁平としのはいた。そこへ竹篭を背負った村の娘たちが二人堤の上を通りかかった。通り過ぎるとき、娘たちはしのをチラと見て何やら目配せした。そして、少し離れてからひそっとだが、わざと聞こえるように一人が「××」と言い、もう一人が「の」と付け加え、二人は肩をこづき合い低く笑った。しのは唇をかみしめた。仁平は思わず河原の小石を拾ったが、すぐにしのが仁平の袖をひいた。娘たちはそんな様子には気づかず去って行った。

「しのさ、おらこれからがんばって字覚える」

しのは驚いて仁平を見つめた。

「しのさがしゃべりたくねえなら、それでもええよ。一生しゃべらんならそれだって」

朝日が東の雲の間からのぞき始めていた。しのは小麦色に日焼けした仁平の精悍な顔を見つめた。

「何か皆に言いてえことがあったら、おらがしのさの口になる。おらが字さえ覚えりゃあ」

しのの目にじんわりと涙がにじんだ。仁平は手にしていた小石で竜神川の水面に礫《つぶて》を打った。礫はシュッと勢いよく水面を数回切って中洲へ渡っていった。


晩秋の夕方、しのとみくはみくの家の庭で手鞠をついて遊んでいた。しのが鞠をついているうちについ手がそれて、鞠はコロコロと転がって蔵の戸の透き間から中へ入ってしまった。しのが鞠を追いかけて中へ入ろうとすると、

「しの姉ちゃん、中さ入らんな!」

みくが大声を出し止めようとしたが、もうその時はすでにしのは中へ入ってしまっていた。誰か人がいるらしいのに、しのは驚いた。しばらく目をこらして見ると、蔵の隅の暗がりに座っているのはおたみ婆あにまちがいなかった。おたみは穴の中に閉じ込もっているのに耐えきれず出て来てしまったのだった。おたみもしのに気づいた。

「おしの、おめえしのだな?」

しのは、おたみのほうへおそるおそる近寄っていった。しのは膝をつきおたみの手を取った。おたみはしのを上から下まで驚いたように見て、

「しの、おめえはいつ見ても若くてきれいだなあ。おらもなあ、若え頃は村一番の器量よしと言われてたけんじょ、こんなにしわくちゃになっちまってよォー」

と言い、それからじっと自分の手を見た。みくは子どもながらに困惑して二人を見ていたが決意して言った。

「しの姉ちゃん、このこと誰にも言わねえでくろな」

しのはみくを見て深く頷いた。

冷たい雨が降るなか、達吉は辺りを窺いながらおたみの夕餉の膳を蔵へ持って行った。と、中からおたみの歌う声が微かに聞こえてきた。

「竜神さまが怒る日にゃ、西の大きな木の下へ」

達吉は急いで中へ入り、おたみを叱りつけ歌うのをやめさせた。おたみは不満そうに、

「んじゃて、おらもうこんな地下牢みてえなとこやんだ」

と言うのだった。達吉はおたみをなんとか説得し、やっとまた穴の中へ入れた。何日か前にもおたみは昼日中《ひなか》、穴から出てきて小窓から外を見ていたことがあったのだった。おたみのことがもし村人たちにわかってしまったらと思うと、達吉は気が気ではなかった。

次の日、達吉は庭にむしろを敷き、その上で胡桃《くるみ》などの木の実を天日に干していた。向こうでは、しのとみくがまた手鞠をついて遊んでいた。達吉は昨日おたみが歌っていた「西の大きな木」というのがいったい何を意味するのか、ずっと気になっていた。村の西の方は低い岩山で木など一本も生えておらず申し訳程度に短い草が生えている

だけだったからである。砂礫《されき》で田畑として使い物にならなかった。達吉はふと思いついて傍らの尖《とが》った小石を拾い、地面に「西の大きな木」と書いてみた。そこには何か隠されていそうな気がしたが、達吉にはいくら考えてもわからなかった。ふと気づくと、しのが後ろに立ちじっとその文字を見ていた。

「しの、おめえ、何か……⁉」

しのはそれた鞠を追いかけてきたのだった。みくも近寄ってきた。しのは落葉《おちば》を拾うと「西の大きな木」の「の大きな」を落葉で隠した。西と木が残った。達吉は思わずしのを見つめ、

「栗《くり》！　おめえ栗の木だっていうだか⁉」

しのは微笑んで頷いた。達吉は目から鱗《うろこ》の落ちる思いがした。村の北側は小高い丘になっていて雑木林があった。そのまた奥は高い絶壁状の岩山で、その向こうにはとうてい人の足では行くことはできなかった。雑木林の中には栗の木もあろうと思われた。ただそこは昔、竜神湖から戻ってきてしまった年寄りを殺して埋めたという噂があり、ここ何十年も誰も奥へ入ったことがなかった。本当に栗の木があるのかどうか、

そしてその栗の木の下に本当にぬけ穴などあるのかどうか、達吉はいつか実際に調べてやろうと思った。

そして、次の日の朝、もう陽は昇っているはずなのに空は厚い雲におおわれ夜のように暗かった。夜半からの雨は滝のように降り注いでいた。達吉は仁平を竜神川の堤を見に行かせた。

達吉はおたみに朝餉を食べさせたあと、その膳を持って母屋へ戻ろうと蔵の戸を開け外に出た。達吉は思わずギョッとなった。達吉を待ち受けるように二つの人影が立っていたのである。よく見るとそれは菅笠《すげがさ》に蓑《みの》を着た亮平とその伜《せがれ》の新太だった。新太は亮平より頭ひとつ上に出ていた。

「亮平兄ィ……⁉」

「達吉」

達吉と亮平の視線が激しくぶっつかった。雨が沛然《はいぜん》と降るなか、稲光りがして一瞬亮平の手にした鎌がギラリと光った。続いて遠くで雷鳴がした。亮平は達吉が手にしている膳を見て言った。

「蔵の中さ、おたみ婆あがいるだな?」

達吉は膳を後ろへ隠して必死に首を振った。

「達吉、おめえ柄にもなくよくそんな思い切ったことやるもんだな。蔵の窓からおたみ婆あらしき顔が見えたっつう村のもんもおるだ」

亮平の後ろでは新太が咎《とが》めるような目付きで達吉を見ていた。

「達吉、村の掟は貧しい村が昔から智恵を絞《しぼ》って考えだしたもんだ。70になったら竜神さまさ行ぐ。掟はそれが必要だからこそ自然に生まれずっと続いてきてるんでねえのか⁉　達吉!　おめえ自分たちだけが特別だとでも思っているだか⁉」

達吉はうずくまり微かに震えていた。

「好き好んで竜神さまをよびてえもんがどこさいるだ?　皆辛い思いして」

達吉は下を向き唇をかんだ。

「村の掟はどんなことがあっても守ってもらわにゃなんねえ。ひとつの例外を認めたら、例外はまた例外をよび遂《つい》には——」

亮平は達吉を射るように見て言った。

「村が壊れる」

雨は天から叩きつけるように降っていた。外の様子に気づき何事かと家の中からりくとみくが飛び出してきた。状況がよくわからず二人は呆然と様子を見ていた。ずぶ濡れになっている達吉を見下ろし亮平は言った。

「達吉、おめえが殺《や》れねえならおらが代わりに殺《や》ってやる。蔵の中改めさせてもらうべ」

達吉は嗚咽《おえつ》しながらあくまでも、

「いねえ！　おっ母あなどこさいねえ！」

と言い続けた。かまわず亮平が前へ出ようとしたその時だった。

「おら、ここさいる」

蔵の奥のほうからおたみの凛《りん》とした声が響いた。達吉は青くなって振り返った。おたみがよろよろと現れ、戸にしがみつくようにして顔を出した。

「おら、ここさいる。おらはもう逃げも隠れもしねえ」

「おっ母あ！」

達吉が叫んだ。おたみは達吉を見て言った。

「おら、こんな牢屋みてえなとこさ閉じ込めらっちぇもうほとほとやんだ。おかげでおら便秘になっちまった」

それからおたみは亮平を見て言った。

「亮平、さあ、いっそひと思いに殺《や》ってくろ。達吉には度胸がねえ」

亮平はおたみを凝視していた。

「亮平、おらあおめえに殺されたっておめえを恨んだりしねえぞ。おめえの言うこともわからんわけじゃねえ。おめえは子どもの頃から意志が強かった。やらねばなんねえことは必ずやる男の子だった」

それからおたみは笑って言った。

「おら、おめえに殺されても化けて出たりなどしねえぞ。しんぺえしねえで殺すとええだ」

亮平は一瞬たじろいだ。おたみはさらに言った。

「おら、70年以上も生きただかもういい。けんど、あんまり苦しまずにすむよう手際よく殺《や》ってくろよ」

亮平はおたみを見すえて言った。

「おたみ婆あ、お婆あには昔からいろいろ世話にもなったけんど村の掟だ。竜神さまのとこさ行ってもらうべ」

亮平が一歩おたみのほうへ近寄ろうとした、その時だった。突然、悲鳴にも似た鋭い叫び声が聞こえ、蔵の陰から何者かが飛び出し亮平にぶっつかって行った。しのだった。しのは崩れるように倒れ込み、よろける亮平の腰にしがみついた。

「お父《と》う！　やめて！　やめてくろ」

喉の奥から振りしぼるような叫びだった。上ずり少し掠《かす》れてもいた。だが、しのがしゃべった！　亮平は驚いてしのを見つめた。

「しの、おめえ……!?」

「お父《と》う、お婆《ば》あを助けて。後生だから助けてくろ」

なおも、しのは泣きながら死に物狂いで亮平にしがみついた。亮平はしのを振りほどこうとしてつい鎌を取り落とした。もつれる二人を一瞬稲光りが照らし一際《ひときわ》強く雨が叩きつけた。遠くで雷の落ちる音がした。突然、しのが「うっ！」と、小さく声をあげ、動かなくなり亮平の膝元に倒れた。「しの！」と亮平は叫びしのを抱き上げたが、ぬれねずみのしのは死んだように目を瞑《つむ》っている。亮平は急いでしのを蔵の中へ運んだ。亮平はしのの名をよびながら脈をとってみた。脈はあった。顔を近づけると息もちゃんとしていた。しのは緊張のあまり気を失ったのだった。亮平はしのを抱きしめた。皆、蔵の中へ入り、亮平としのを見守っていた。りくが近寄ってきて言った。

「亮平兄《あん》つあ、もうお婆あのことは見逃してくろ。おしのちゃんもしゃべれるようになったことだし」

だが、亮平は頑《かたく》なに言った。

「だけんど、それとこれとは別の問題だべ。掟は掟だ」

その時、「大変だ！　大変だ！」と仁平が走って戻ってきた。

「橋が流された。堤も切れただ」

堤が切れたらすぐに村は水びたしになるかもしれない。それどころか、竜神村そのものが水没してしまうことも考えられた。達吉は亮平に言った。

「お婆あの件は、あとにすんべ」

亮平はしのを抱き起こし、やむなく頷いた。

「亮平兄、これから皆で北の裏山さ逃げるべ。そこに大きな栗の木がある。その根っこの下にぬけ穴があるだ」

「ぬけ穴？　本当だか？」

亮平にはとても信じがたかった。達吉はいかにも自信ありげに頷き、

「本当だ、絶対まちげえねえ」

だが、達吉も確信を持っているわけではなかった。とにかく、なんとかこの場を切りぬけようと思ったのである。亮平はしのを抱きかかえ帰っていった。達吉は仁平に火の見櫓の半鐘を鳴らさせた。急を報《しら》せる早鐘が村中に響き渡った。その後、二人で手分けして村中の人たちに持てるだけ食糧を持って北の裏山へ逃げるよう触れてまわった。残ったりくとおたみは豆や芋などの食糧を麻袋に詰めた。みくも手伝った。やがて達吉と仁平も戻ってきて、持ちきれない食糧を屋根裏へ上げた。それから皆それ

ぞれ食糧の入った麻袋を手に持った。

達吉たちが準備をして再び外に出たとき、地面は水びたしになっていた。辺りの光景から道だとおぼしき場所を歩いた。達吉はおたみを背負い、両手に食糧の入った大きな麻袋を持った。仁平は米の入った麻袋を背負いその上に蓑《みの》をかけ、また両手にも食糧のいっぱい入った麻袋を持った。身重のりくも麻袋をひとつ持った。みくも麻袋をひとつ背負い、力丸の手をひいた。水は力丸の腰あたりまで迫ろうとしていた。達吉は後ろを振り返り声をかけた。

「力丸！　だいじょうぶか？　足をとられねえよう気をつけろ。踏みしめるようにゆっくり歩くだ」

達吉たちの一行は歩き始めた。

達吉たちが北の裏山に着いたとき、他の村人たちはまだ誰も来ていなかった。達吉は水から上がったところでおたみをおろし、大きな木の陰に麻袋を置いた。枝葉の間から雨のしずくがぼとぼとと落ちてきたが、それ以上に重い荷物をおろしてみると寒さが身にしみた。下の方を見渡すと、すでに田畑のほとんどが水没し、巨大な池の中に家々が浮かんでいるように見えた。達吉は「だいじょうぶか？」とりくに声をかけた。りくは木の陰で青い顔をし苦しい息をしていたが、それでも達吉に笑ってみせた。達吉はぬけ穴があるという大きな栗の木を早く見つけねばならないと思った。だが、本当に栗の木の下にぬけ穴などあるのか？　西の木を栗と読み解いてよかったのか？しかし、昔大洪水があったがなんとか村人たちが生きのびたという言い伝えは子どもの頃、村の古老たちからよく聞いていた。

「オーイ、達吉ィー！」

と、遠くから声がした。亮平たち親子がどしゃぶりの中を麻袋を背負いこっちへやって来るのが見えた。水に押し流されないようにやっとの思いで歩いてくるようだった。そのまた遠くには雨に煙《けぶ》る中を村人たちが三々五々やって来るのが小さく見えた。

亮平たち親子がやっと達吉たちのいる所へ着いた。しのはまだ青い顔をしていたが、なんとか回復したようだった。亮平は達吉に近寄ってきて、

「本当に栗の木の下にぬけ穴などあるだか？」

「ある。まちげえねえ」

達吉は断固として答えた。そう言っているうちにだんだん達吉自身絶対にあるように思えてきた。一方、亮平としても達吉のことばを信じなければこのまま水の底に沈むことになるかもしれず、信じたい気持ちが強かった。皆で手分けして栗の木を探すことになった。達吉は仁平と一緒にまたみくはしのと一緒に探した。

小枝や雑草をかき分けかき分け行くうち、達吉はついに大きな栗の木を見つけた。

「あったぞぉー！」

と、達吉は大声を上げ、仁平と一緒に木の根っこ辺《あた》りの熊笹をかき分けぬけ穴を懸命に探した。だが、なかなか穴らしきものは見つからなかった。亮平が近寄ってきて疑ぐり深そうな眼差しで達吉を見た。達吉は「アハッ」と照れ隠しに少し笑ってみせた。亮平はムカッとした表情のままだった。おたみも近寄ってきた。三人がそれぞれに見合って微妙な空気が生まれた。その時、雑木林の奥の方からみくの声がした。

「お父《と》う！　こっちにも栗の木が」

そうだ、栗の木は一本とは限らなかったのだ。達吉は今さらながら自分の愚かさを思った。だが、もし逆に何十本ものたくさんの栗の木が生えていたら？　それらの根っこをしらみつぶしに探している間にも水はどんどんここまで迫ってくるだろう。ともかく達吉はみくの方へ急いだ。みくがまた叫んだ。

「お父《と》う！　あった！　穴があった」

達吉は駆け寄りみくの指さす方を見た。しのが栗の木の下の熊笹を押し分け場所を示した。そこには人一人通れるほどの穴が見えた。穴は坂となって下の方へ続いていた。本当にぬけ穴はあったのだと思い、達吉は涙が出るほど嬉しかった。

「おらとしの姉ちゃんで見《め》っけたの」

と、みくが得意そうに言った。

「おらも！」

と、力丸が側から力を込めて言った。みくは笑って力丸の頭を撫でた。

「でかしたぞ。皆をよぶべえ」

達吉は遠くの村人たちへ

「オーイ！　ぬけ穴があったぞォー！　こっちさ早《はよ》う来《こ》う！」

とよびかけた。達吉はあとから大勢やって来る村人たちのことを考えて、自分たちだけ先に逃げてよいものかと思った。もっと大幅に遅れて来る者もいるだろう。その時、傍らから見ていた亮平が言った。

「達吉、おめえは先に行げ。おらと新太がしんがりをつとめんべ」

達吉は思わず亮平を見つめた。亮平は笑って言った。

「ついでにおら家《い》のしのとみちも連れてってくれ」

達吉は大きく頷いた。


達吉たちは穴の中へ入った。達吉は大きな麻袋を背負い、あいたほうの手でりくの荷物を持った。おたみが「おらも持つわい」と言ったが持たせなかった。おたみは自分が歩くだけで精一杯だった。中は外に比べ少し温かかった。穴は達吉が手を伸ばし、やっとさわることのできるほどの高さであり幅だった。先の方では上に小さい穴が開いているらしく微かに光が洩《も》れていた。初めは下り坂が続いていたが、その光が洩れている所を通り過ぎると、やがてうねりながらのゆるい上り坂となった。先頭を歩いている達吉は時々皆に声をかけた。しばらく行くと本当に真っ暗闇となった。りくの息がまた少し苦しそうになった。達吉は少し歩をゆるめた。後ろから力丸がよんだ。

「お父《と》う。おしっこ」

「少しはがまんしせ」

みくが叱った。

「みくちゃん、そんなこと言っても出るモンはすかたねえべさ」

おみちだった。達吉は立ち止まり荷物をおろして言った。

「少し休むべ。力丸、その辺でやれ。まだまだ先は長かんべ」

あとどのくらいで外に出れるのか、誰にもわからなかった。少し休んだあと、達吉たちはまた暗闇の中を歩き始めた。しばらく歩いたあと、みくが突然、

「お父《と》う！　何か……!?」

達吉たち皆立ち止まった。

「ほら」

と、みく。静かに耳を澄ますと微かに水音のようなものが確かに聞こえる。

「滝……」

と、しの。しのの声はもう掠《かす》れていなかった。なおもしばらく歩いていくとザーッという水音はしだいにはっきりしてきた。そして、上から一すじの光が射し込んできているのが見えた。そこまで行くと、そこは二股に分かれていて片方から音が聞こえてくるのだった。どっちへ行くべきか達吉は迷った。またほぼ真上に人の頭ほどの穴が開いていてそこから薄い光が洩れてきていた。そのためかなんとかお互いの顔の見分けがついた。達吉が真下から覗いてみると穴からは薄暗い空が見えポツポツと雨が落ちてきた。達吉は言った。

「皆ここで休んで待っててくろ。おら、ちょっくら水音の聞こえる方さ行って見てくる。出口へ通じてるようだったら、また皆をよびさ来るべ」

達吉は荷物を置き水音のする方へ向かった。仁平が付いてきた。かなり歩くと前方が急に明るくなった。今までのような細い光ではなかった。水の音も大きくなってきた。達吉と仁平はさらに進んだ。と、前方に滝が見えた。なおも進むといきなり高い崖の前に出た。その先は滝つぼになっていて水が激しく落ち込み、下からは水滴が白い煙となって舞い上がってきた。滝の端の切れ目の向こうには雨に煙る山脈《やまなみ》が見えた。

達吉は引き返した。仁平は何も言わず達吉のあとを付いてきた。達吉の足がまた疼き、帰途はよけいに長く感じられた。

達吉と仁平は元の所へ戻った。再出発する前に達吉は後方へ声をかけてみた。

「オーイ！　みんな来てっかあー⁉」

微かに「オーイ」と返事があった。後続はかなり遅れているようだった。りくの息はますます苦しそうだった。達吉は言った。

「りく、おめえはあとからゆっくり来う。おらは何としても、この穴を通って外へ抜け出られるかどうか一刻も早く見届けねばなんねえ」

「んだ。おらのことなど気にせず、早う先に行ってくろ。おめえさんにはそれだけの責めがあるだから」

と、りくは答えた。

「おらもおりくさと一緒にゆっくり行ぐべ。達吉さ、おりくさのことはしんぺえしねえで早く行がんしょ」

おみちだった。達吉が出発しようとしたその時、

「おら、ここさ残る」

しのだった。

「おら、皆が道をまちげえねえように、ここさ残ろうと思うだ」

達吉はしのを見て頷き、

「そうか、そんじゃらば、しのには残ってもらうべ。じゃあ、行ぐべ」

その時、仁平が思い切ったように言った。

「おらもしのさと一緒に残る。こんなとこさしのさ一人じゃ」

「アハッ」とおたみが小さな声で笑った。達吉も苦笑いした。仁平は憮然とした。

しのは「みくちゃんは？」と、みくのほうを見た。みくは、しのと仁平を見比べるように見て、

「おらは、お父《と》うと一緒に行ぐだ」

結局、達吉とみくが先頭になり、その後ろからおたみ、りく、おみちと力丸の4人がゆっくり歩いて行き、しのと仁平の二人はこの場に残ることになった。

達吉は重い荷物を背負い、再び暗闇の中を歩き始めた。後ろからみくの小さな足音

が聞こえた。

　自分たちは果たしてこの洞窟を抜け出せるのだろうか？　もし抜け出せたとしてもその先には何が見えるのか？　達吉には皆をこの洞窟へ連れ込んだという負い目もあった。

　りくは無事健やかな子どもを産めるだろうか？　もし健やかな子どもだったとしても、こんな時代《よ》に生まれて果たして幸福だといえるだろうか？　達吉は内心女の子が産まれればよいと思っていた。それはもし戦が始まった場合、跡取りでない男の子は必ず戦に連れて行かれると思ったからだった。だが、女の子だったとしても、やがてはその連れ合いが戦に連れて行かれるかもしれないのだ。それに、これからは村全体が戦場と化す怖れもあるだろう。都に近い国では、すでに何十年も戦乱の中にあるという話だった。

　もし、この洞窟を抜け出て外へ出られたとしても、またその時から食うや食わずの苦しい生活が始まるのだ。あのまま竜神村が水没し、村人たち皆で心中してしまったほうがまだしもましだったのではないか。足のことにしても、これから年々悪くなることはあっても良くなることはないだろう。だいたいおっ母あを竜神湖から連れ帰ってきてしまったことも、今考えてみれば本当におっ母あのためになったかどうかさえわからなかった。たしかに蔵の中であの牢屋のような暗い穴にずっと閉じ込められているのは並大抵の辛さではなかったろう。おっ母あのことを自分は本当に考えていたのだろうか。さまざまな考えが達吉の頭の中をグルグルと駆け巡った。

どう転んでも絶対に安心できるとか、こうすれば絶対に幸福になれるとかいうことは絶対にないのだ。年貢のことにしても竜神村は戦乱のゴタゴタの中で、また山の奥深い村ということでなんとかお目こぼしに預っているものの、これから先どうなるかはわからない。平地などの比較的開けている地域では、年貢を納めずにすますことはまずできなかった。ただ、はるか遠くの海辺の国では仏教の信徒たちが農民たちと団結して国守と戦い何十年もの間年貢を払わずに済ませているという。今でさえ苦しい生活なのに、この上もし重い年貢が課せられたらいったいどうなるのか。一寸先は闇だった。人の一生は出口の見えない暗い闇の中をひたすら歩き続けるようなものではないか。だが、闇の中とはいってもたまには一すじの光が射し込むこともあるだろう。

その一すじの光があれば、人は生きていけるものかもしれない。

「お父《と》う!」

その時、後ろからみくが呼んだ。達吉は現実に引き戻された。

「どうした、みく?」

「お父う、風が」

言われて達吉もふと頬に一際爽《ひときわさわ》やかな風を感じ立ち止まった。

「ホンにええ風だなあー。もうすぐ出れるかしんねえ。さあ、急ぐべ」

達吉とみくは風のにおいを嗅ぎ元気が出て、暗闇の中をぐいぐいと歩いた。坂の傾斜が少し急になってきた。と見ると、遠くに微かに一すじの光が見えた。みくが言った。

「出口かま?」

「だと、ええけんどな」

と、達吉は答えたが、光は今までのようにただ単に天井の穴から射し込んでいるだけかもしれなかった。達吉とみくはさらに懸命に歩いた。近付いて行くと、上り坂の洞窟のその向こうは明るくなっていた。

「お父う！」

みくが歓喜の声をあげた。達吉は後方を振り返って大声で叫んだ。

「オーイ！　出口が見えたぞォー！　みんなァー、もうすぐだぞォー」

達吉とみくはさらに出口の方へ歩いた。近づくと出口の向こうは青空で、白い雲が流れて行くのが見えた。もう嵐は去ったようだった。だが、達吉はまた急に不安になった。もし、あの出口の先が人など下りることができないような絶壁になっていたら今までの苦労は全て水の泡である。達吉とみくは一歩一歩足を踏みしめるようにして洞窟を上って行き、ついに出口へたどり着いた。おそるおそる外を覗き、一瞬光の眩《まぶ》しさで達吉は目をおおった。だが、しだいに目が慣れてくると前はなだらかな斜面だった。まばらに樹木が生え短い草が茂り、陽射しは暖くやわらかだった。小鳥のさえずる声が聞こえた。達吉とみくは荷物を下ろししみじみ助かったと思った。あの言い伝えはやはり本当だったのだと達吉は改めて思った。はるか彼方に水に沈んでいく竜神村が見える。家々のわらぶき屋根の軒《のき》近くまで水は迫っていた。亮平の家の松の木が水面からひょっこりと突き出ていた。屋根裏の食糧は食えなくなってしまうかもしれない。だが、もう雨は止んでいるのだ。そうとは限らない。心なしか水面の上昇は止まったかに見える。

「お父《と》う！」

みくに呼ばれ、達吉はハッと我に返った。達吉は荷物をそこに残して急いでみくとともに洞窟の中へ引き返した。達吉はりくやおたみの名を呼びながら急ぎ足で今来た道を戻った。しばらく戻ると「達吉ィー」と呼ぶおたみの声がはね返ってきた。やがて、暗闇の中からりくの苦しげな声がすぐ近くで聞こえた。

「もうすぐ産まれっかしんねえよ」

おみちの声だった。達吉はりくをかかえ、おたみの手を引いて出口をめざした。みくは力丸の手を引いた。出口の方には光が見え明るかった。

出口から出ると、

「あそこがよかんべ」

と、おみちが素早く産褥の場所を見つけた。そこは出口から少し下った所で、葉の茂った灌木《かんぼく》が何本も生えていた。達吉はりくをかかえて灌木の陰に運び寝かせた。りくの息はますます苦しそうになっていった。

「もうすぐややが産まれる。だいじょうぶだぁー、がんばれぇー」

おみちとおたみが傍からりくを励ました。傍でオロオロしている達吉におたみが言った。

「達吉、女子《おなご》が3人も揃えばおめえなど用はねえ。おめえはその辺で見張りでもしてろ。こういう時は大して役に立たねえだか」

達吉は、なんだ偉そうにとも思ったが、確かに役に立ちそうではなかったし、出産の場に立ちあうのも何だかこそばゆい気がし、力丸を連れて少し離れた所で人が近寄らないよう見張りをすることにした。一方、みくは女子《おなご》3人の中に自分も入っているようなので身のひきしまる思いがした。達吉は荷物を持ってきて出産の場から少し離れた所に陣取った。出口からは村人たちがポツリポツリと現れ始めていた。

「お父う」

ふいに力丸が達吉の袖をひいた。見ると、力丸は目にいっぱい涙をため達吉を見ている。

「おっ母あ死んじゃうの？」

達吉はびっくりして力丸を見た。そして自分の不安を振り払うように笑って言った。

「死ぬわけねえべ。おっ母あは不死身だ」

「フジミ？」

「死んでも死なねえってことだ」

「え⁉」

力丸は目を丸くした。達吉は力丸の頭を撫でて言った。

「力丸、おめえの弟か妹が産まれるだぞ。おめえもこれからは兄《あん》ちゃだ」

「兄《あん》ちゃ、兄《あん》ちゃ」

力丸は嬉しそうに笑った。灌木の向こうではまだ大変な状況が続いているようだった。産褥で命を失うこともある。特にこのような状況で危険がないことはないだろう。

ふと気づくと近くに小さな池があった。達吉は喉がカラカラに渇いているのに気づいた。達吉と力丸は池の水をがぶがぶ飲んだ。池の水は澄んでいてメダカが泳いでいた。その後、達吉と力丸は傍の小さな岩に腰かけ竜神村の方を見渡した。竜神村のあった盆地は巨大な池と化していた。水面から突き出ている川辺の林で竜神川の流れている位置がだいたい推測できた。もう水かさは増す様子はなく、むしろ徐々に減っていくようだった。

出口から仁平としのが出てくるのが見えた。おそらく村人たちは皆ぬけ穴から出られたのだろう。灌木の向こうでおみちが立ち上がり手を振って、しのをよんだ。仁平も一緒にそっちへ行こうとしたが、どうやらおみちが止めたようだった。

ふいに男の影がスーッと達吉の前に映った。達吉はハッとなり振り返った。亮平だった。亮平は苦笑いして言った。

「達吉、おめえには負けただ。おめえにはいくら礼を言っても言い足りねえ。おらだけでねえ、村全体が助かった」

「勝ったも負けたもねえべさ」

達吉は笑って言った。

「それに、おらの力など大したことはねえ。大したことあったのはおら家《い》の婆さまと亮平兄んとこのおしのだ」

その時、「ギャアー！」という絶叫が聞こえた。続いて赤ん坊の泣き声が微《かす》かに聞こえ、すぐに「達吉ィー」と呼ぶおたみの声がした。達吉は灌木のある方へ急いだ。力丸もトコトコ走って達吉のあとを追った。達吉はお産の場を見てギョッとなり危うくフラフラッと卒倒しかかった。辺りは血の海だったのである。「お父《と》う、しっかりしせえ」と、みくが驚いて言った。おたみが笑って言った。

「このくれえでおったまげてどうするだ？　達吉、何もおめえが苦しかったり痛かったりしたわけでねえだぞォー」

それはそうだった。りくも達吉を見て苦しそうに笑った。しのも微笑んでいた。おみちが言った。

「達吉さ、やや抱いてみっせ」

「愛《め》げえ男の子だぞォー」

おたみは蓑に包んだ赤ん坊を達吉に手渡した。達吉はドキドキしながら用心深く赤ん坊を抱いた。赤ん坊は静かに眠っているようだったが、時折ピクピクッと頬のあたりが動き、それは微笑んでいるようにも見えた。

「おめえさん」と、りくが達吉を呼んだ。達吉が赤ん坊を手渡すと、りくは赤ん坊を抱きしめ頬ずりした。りくも赤ん坊も身体の状況が良さそうなので達吉は安心した。とにかく今は皆死なずに助かったのだ。明日からはそれぞれにまた辛い毎日が始まるかもしれないが、今はそれぞれに今の幸福をかみしめればよいのだ。そうすれば明日からの辛さにきっと耐えることができるだろう。割合暖かいせいか、今は達吉の足もさほど痛まなかった。

りくの抱く赤ん坊をしゃがみ込んで見ていたしのが、ふと顔を上げ立ち上がった。

「虹……」

と、つぶやき数歩歩んだ視線の先には、巨大な池と化した竜神村のはるか彼方の山《や》脈《なみ》に七色の大きな虹が架かっていた。

「虹だ！　オーイ、虹が出たぞォー」

山腹の斜面で休んでいた村人の一人が大声で叫んだ。達吉もしばらく虹に見とれていた。ふと気づくといつのまにか仁平が現れていて、しのと指と指を絡ませていた。しのと仁平は虹を見ずに、うつむきかげんでときどき言葉を交わしている。達吉の手を小さなやわらかな手が握ってきた。みくだった。みくはもう片方の手で力丸の手を握っていた。突然、力丸が大きな声で言った。

「しの姉ちゃん、仁平兄ちゃ、虹！」

仁平としのが驚いて振り返ると、力丸は嬉しそうにキャッキャッと笑った。仁平は照れくさそうにしのの手を放そうとしたが、しのが改めて強く仁平の手を握りしめ、また二人で一緒に虹を見上げた。大洪水とはいえ、おゆきの村はひと山越えた向こうなので心配はないだろうと達吉は思った。また仁平をもうおゆきの元へ帰してもだいじょうぶだろうと思った。だが、一方で仁平は帰りたがらずもうしばらくはここにいることになるだろうとも思った。ふとおたみを見ると、おたみは近くの木の枝につかまり恍惚とした表情で虹に見入っていた。

眼前には青空の下、山間《やまあい》に巨大な池が広がっている。水面から顔を出しているわらぶき屋根は、あたかも小舟が水に浮かんでいるように見えた。だが、その向こうの山脈にはこの世のものとは思えないほど美しい鮮やかな色の大きな虹が架かっていた。

その後の大姫

「夕笛」

雲の切れ目から、しっとりと庭に咲いている紫陽花《あじさい》の花にやっと陽光が射し始めた。風でさらさらと樹々の葉ずれの音がする以外はしんとしている。誰も声を発しなかった。

建久八年（一一九七）文月《ふみづき》（七月）、鎌倉御所の奥にある源頼朝の邸の一室では、長女大姫《おおひめ》が父頼朝と母北条政子を前に端然と座っていた。全国を統一し文字通り天下人《てんかびと》となった頼朝は、数年前に武士の総帥、最高権力者というべき征夷大将軍の地位に就いていた。夏の昼下がり頼朝の額には微《かす》かに汗が浮き出ていた。大姫は両親と目を合わせず、庭の方へ目をやっている。外はまた陽が翳《かげ》りを帯びてきていた。頼朝が大姫に言葉をかけようとしたその一瞬前に、大姫は前に向き直り口を開いた。

「御所さま、御台《みだい》さまには誠に申し訳ありませぬが、先日申しあげましたとおりその儀固く御辞退申し上げます」

凛《りん》とした澄んだ声が静かな部屋に響いた。大姫は両手をついて深く頭を下げた。大姫が頼朝と政子を父、母と呼ばなくなってからすでに十年以上も経っていた。頼朝は苦い顔で言った。

「大姫、顔を上げよ」

大姫は顔を上げても目は合わせない。

「後鳥羽天皇との婚儀の件は、そなたにとってももうこれ以上の良縁は考えられぬもの。先年わしたちは京で東大寺供養に参列した際、直接天皇にお目にかかったが、美しく品の良い顔立ちで、またなかなかの偉丈夫であった。人柄も健康も申し分なき若者」

大姫はあくまでその白く硬い表情を崩さず、漆黒の長い髪は大姫の細い肩に静かにかかっていた。黒目がちの美しい瞳は冷厳さを秘め、大姫の強い決意が宿っていた。つい数日前にもこの件で大姫は頼朝に呼び出されはっきり断っていた。頼朝には、後鳥羽天皇との婚儀を頑《かたく》なに拒もうとする大姫の真意を理解できなかった。もちろんこの婚姻を利用して自分の力を朝廷の中へ拡大しようという思惑もないではなかったが、もともとはただ大姫に喜んでほしいという思いからだったのである。忙しい公務の合間に朝廷への大姫入内《じゅだい》の画策に力を注いできたのだった。また長きにわたる親子の確執を終わりにするよい機会だとも思った。半年ほど前には京都守護一条能保《よしやす》の子で鎌倉に遊びに来ていた一条高能《たかよし》という若い公家が大姫を見染め是非にという話もあったが、大姫はそれも即座に断っていた。公家で気に入らぬのなら天皇ではどうかと周りの者で耳うちした者があり、天皇の后という玉の輿《こし》なら大姫も不満なはずはあるまいと頼朝も政子も思ったのだった。頼朝は業を煮やして言った。

「大姫、そなたも年が明ければ二十歳だ。畠山や三浦の娘たちもそなたの年頃には皆嫁いでいるか、そうでなくとも婚約まではいっている」

大姫は顔を背けたまま硬い表情を変えなかった。政子が口を開いた。

「大姫、そなたには確かに辛い過去があったかもしれぬ。なれど、それはもう十何年も昔のこと。過去は過去のこととして忘れてしまわねば」

いくら思い出したくない過去のことではあっても、それは忘れてしまうのではなく、心の内にしまい乗り越えるべきものと大姫は思っていた。大姫に意中の人などいるはずもないことは頼朝も政子もよく分かっていた。大姫の今の生活では、ちょうどよい年頃の格式のある若者と出あう機会はないはずだった。

頼朝と政子は大姫の頑《かたく》なな心を開き、なんとかこの縁談を進めようと思ったが、なかなかそれは難しいことだった。その真因が自分たちにあることを頼朝も政子もよく分かっていた。頼朝はしかたなく大姫にまたもう一度よく考えておくようにと言い、寺へ帰した。大姫は一年ほど前から近くの竜口寺《りゅうこうじ》の住職月念《げつねん》和尚のもとへ預けられていた。大姫のたっての願いを頼朝も政子も拒めなかった。竜口寺は小さいが由緒ある寺だった。

月念は五十代後半の僧侶で、浄土宗の開祖法然から京で教えを受けたという。だが、月念にはよからぬ風評もあった。それは若い頃、女と心中したが自分だけ生き残ってしまい、それで故郷から逃げるように出奔《しゅっぽん》し流れ流れて京の地で仏門に入り、その後この鎌倉の地へ来たのだという。しかし、その真偽のほどは定かではなかった。また、いわゆる生ぐさ坊主で酒も飲めば女も抱いた。あろうことか、隠れてだが平気で肉も食った。けれど、その豪気で温かい人柄を頼朝は信頼していたし、何より大姫は月念の仏教に対する考え方に共感していた。また、月念は大姫が心を開ける唯一の大人だった。

大姫の寺での生活は月念から仏教を学び、また一心に写経をした。そして、夕方頃になるといつも笛を吹いた。大姫は幼い頃、鎌倉一の笛の名手といわれた元女御《にょうご》から横笛を習っていた。大姫の笛の腕前は鎌倉でも五指に入るほどだった。夕方、遠くから微かに聞こえてくる透明感のある澄んだ音色は鎌倉の人々の心を癒した。

大姫は幼い頃は「お日さまから抜け出たような」と、形容されるほど明るく活発な女の子だったが、親との間にある確執が起こり、七歳の時から数年間というもの誰とも一言も言葉を交わさなかった。貝のように固く心を閉じ、その整った美しい顔立ちは凍りついたように硬く、喜怒哀楽をいっさい表へ出さなかった。しかし、何年か経って弟の万寿（後の二代将軍頼家）やまだ幼児《おさなご》だった妹の三幡には時々笑顔を見せ、一緒にしゃべったり遊んだりするようになったのだった。だが、今でも大姫は実の親である頼朝と政子に対しては心を閉ざしたままだった。

大姫が帰ったあと、頼朝と政子はそのままその一室に座っていた。また、もう一度よく考えてみるようにとは言ったものの、すでに頼朝の腹は決まっていた。この婚姻の儀はすでに朝廷に申し入れ快諾を得ているのである。いかに武士の世になったとはいえ、朝廷には朝廷の高い権威がある。ましてや、この婚姻の儀は頼朝のほうから先に言い出したことであった。今さらとりやめになどできるはずもなかった。昔、武家側と朝廷側の力が拮抗《きっこう》している時代であれば朝廷との婚儀は危険なことかもしれないが、武家の世が安定している今、何の問題もないと頼朝は考えていた。頼朝は傍の政子に言った。

「大姫にも困ったものよのう」

「大姫はまだあのことが忘れられぬのでしょう。幼かったあの娘《こ》にとっては受け止め難き衝撃」

「だが、あの時はああするよりほかなかった。それはそなたも賛同したはず」

「たしかに。もうあまり深くお考えあそばすな」

その後、頼朝は腕のたつ警護の武士たちを伴に雪ヶ下の愛人宅へいそいそと向かった。合戦で夫を失った三十そこそこの美しい未亡人である。その頼朝の後ろ姿を政子は、全く頼朝の病気は幾つになってもと冷《さ》めた眼差しで見送った。何年か前に頼朝が御家人の未亡人だった亀の前にうつつをぬかした際には烈火の如く怒り、亀の前の邸を配下の者に命じ焼き払ってしまった政子だったが、良くも悪くも今はそういう情熱はなかった。政子は十九歳の時、父北条時政の反対をも押し切り頼朝と結ばれた。だが、頼朝に対するそういう熱い想いはもうとっくに消えていた。千幡（後の三代将軍実朝）が生まれてからは寝室も別にしていた。褥《しとね》を共にしなくなってからすでに何年も経っていた。政子の関心は政《まつりごと》を別にすれば、全て自分の子どもたちに向けられた。頼朝と政子の関係が壊れてきた最初のきっかけはやはり大姫の件だったろう。互いにその責任をなすり合うような言い争いが少なからずあったのである。だが、政《まつりごと》を行っていくうえではお互いがお互いを必要とする存在であることに今も変わりはなかった。武家の力を強め世の中を治めていくという、そのことについては二人の考え方は一致し、政子は単なる補佐役以上の力を持っていた。

大姫は頼朝との会見が終わったあと、竜口寺の小坊主一念《いちねん》に伴なわれ御所をあとにした。一念は大姫より二つほど年下で、目元の涼しい背の高い少年である。一年ほど前から寺に入り月念の下で修行していた。ゆくゆくは月念の跡を継ぎ、竜口寺の住職となるはずである。

一念と大姫は少し離れ、一念が少し前を歩いた。二人は何も喋らず、傍をさらさらと小川の流れる小道を歩いた。また陽光が射し始め、道端の紫陽花《あじさい》の花を照らし出した。「一念」と、大姫は呼びかけ立ち止まった。大姫は膝を折り、紫陽花の花に指で触れた。その白い紫陽花の花は、いくつもの小さな花が寄り添うように、こんもりと大きなひとつの花を形づくっている。大姫がふと顔を上げると、その紫陽花の花におおい被さるように大きな桜の木が立っていた。突然、子どもたちの愉しそうに遊ぶ笑い声が聞こえ、幼い日の記憶が大姫の脳裏に鮮明に蘇った。大姫と木曽義高は桜の木の枝に腰かけ蜜柑を頬張り、彼方の紺青の鎌倉の海を見ていた。

今を去ること十三年前、大姫の許婚者《いいなずけ》だった木曽義高はわずかに十二歳で頼朝の命により謀殺されたのである。その時、大姫は七歳だった。義高は旭将軍ともうたわれた木曽義仲（木曽で育ったための俗称、正式には源義仲）の嫡男だったが、源平の戦乱の中、同じ源氏同士の対立の間で体《てい》のよい人質として木曽からこの鎌倉へ連れて来られた。義仲が頼朝の弟源範頼と源義経の鎌倉軍に倒されたあと、義高も将来危険とみなされ、逃走する途中でとらえられ武蔵国入間川《いるまがわ》の河原で斬殺されたのだった。実の兄のように慕っていた義高が何の罪も落度《おちど》もないのに、自分の親たちによって殺害されたことに大姫は強い衝撃を受けた。深い悲しみを心の奥深く閉じ込めた大姫は、その後頼朝や政子に二度と心を開くことはなかった。

「海が見たい」と、大姫は傍の一念に言った。「しかし、姫」と、一念は少し躊躇《ちゅうちょ》した。遠出するときはいつも屈強の武士が何名か警護に当たっていた。しかし、竜口寺から御所まではわずかの距離なので一念一人がお伴してきたのである。大姫は強く言った。

「行きましょう。そなたと二人で海が見たい」

大姫は、もう二度と鎌倉の海を見ることはないかもしれないと思った。

大姫と一念は由比ヶ浜の海岸に出た。まだらにかかった雲の切れ目から夕陽が射していた。遠くの沖合いの舟で漁師が一人網をうっているのが見える。波がザーッザーッと押し寄せ、また引いていった。大姫は袂《たもと》から横笛を取り出し唇を当てた。澄んだ美しい調べが鳴り出した。大姫の黒髪が微かに風に揺れ、夕陽が照らす大姫の横顔に一念は一瞬ドキッとした。笛を吹き終わると、大姫は海を見つめたまま一念に言った。

「御所さまより、また件《くだん》のお話がありました」

一念は少し青ざめた顔で大姫を見つめた。頼朝と政子は我が子に対しても自分の考えを変えることはまずないだろうと思われた。大姫もこの縁談をとても断り切れないだろうことをひしひしと感じていた。親の決めた縁談というばかりでなく相手は武家に実力は取って代わられたとはいえ最高権威の天皇である。またこの縁談を押し進めようとしている我が親は、全国一の最高権力者征夷大将軍という立場にある者だった。

一念は大姫を見つめきっぱりと言った。

「姫、覚悟はできております」

後鳥羽天皇との縁談の話を御所によばれ、頼朝と政子から初めて聞かされたのは十日ほど前のことだった。驚いた大姫は即座に断ったが、もちろんそれを認めてくれる頼朝と政子ではなかった。その日もよく考えておくようにということで、体《てい》よくいったん帰されたのだった。寺に帰って月念にもすぐ報告したが、月念はうすうす知っていたようだった。大姫は一念にも話さねばと思い一念を探した。一念はよく晴れた空の下で竹ぼうきを手に境内の庭そうじをしていた。大姫は縁談が強要されそうなことを手短かに説明した。一念は目を伏せて言った。

「姫、本当に私のような者が相手でよろしいのでしょうか？」

「御所さまや御台さまに何と言われようと、私のそなたに対する想いは少しも変わりませぬ」

「しかしながら、姫は天下の将軍家の姫君、私は百姓あがりの一介の小坊主、あまりにも身分が。また姫は私より二つ年上」

「一念、空を見上げてごらん」

大姫は自ら空を仰いだ。一念も一緒に空を仰いだ。周りの山林の上高く青く大きな空が拡がっていた。

「一念、私たちはこうして同じ空の下で、同じ海の香をかぎ、同じ空気を吸い、同じ時代《よ》を生きているのですよ。相手への想いさえあれば男と女子《おなご》の間に年の差など。ましてや身分の差など」

「姫」

一念は涙がこぼれそうになった。大姫は一念の手を取り固く握りしめた。大姫の手は優しく柔らかだった。その後、二人はもしもの時は、手に手を取り合って一緒に三途の川を渡ろうと誓い合ったのだった。

夕闇が迫る頃、大姫と一念は急いで竜口寺へと戻った。本堂で読経していた月念は二人を見ると、木魚をポンと叩き「遅かったのう」と大げさに顔をしかめた。大姫はすぐに「御所さまとのお話が長引いて」と、言い訳をした。すると、月念はワッハハハと豪快に笑いとばし、

「先ほど御所さまに道端でお会いしたがの、またいつもの花を愛《め》でにお出かけのようじゃった」

大姫と一念は顔を見合わせうつむいた。

その後、大姫は月念の一室で件《くだん》の話をした。月念は笑って言った。

「姫、思い切って京へ行かれては？　ものは考えようですぞ。必ずしも良き思い出が多かったとはいえないこの鎌倉の地を棄て、新天地京の都で新しく生まれ変わって生きるのも存外面白いものかもしれませぬぞ」

「和尚さままで、そんなことを」

大姫は眉をくもらせた。月念は構わず、

「また親の決めた政略結婚かと思えば嫌気もさしましょう。じゃが、好きだの嫌いだのは若いうちだけ。若い頃、燃えるような情熱で結ばれたにしても、それは一時《いっとき》のこと。歳月が経てば男と女子《おなご》の情愛などアリンコの糞のようなもの。嘘《うそ》のように消えてしまうのが世の常。誰と結婚しても案外たいして違わぬものかもしれません」

「そんな乱暴な」

「姫はまだお若いのでそう思いたくないお気持ちは分かりもうすが、姫の周りの人たちでもよくご覧あれ。永遠《とわ》の愛など赤ん坊の戯《ざ》れ言《ごと》、絵に描いたぼた餅のようなもんじゃ。後鳥羽天皇には以前わしも御所さまのお伴でお会いしたことがあるが、若輩なれど文武両道に優れなかなかの人物とお見受けした。亡き義高君が無事に成長しておればあのようなりっぱな若者になっておられたのではないかと。今は気が進まなくとも一緒になってしまえば、またそれなりの幸せも」

大姫はうつむいていた。

「姫、この鎌倉を一度棄てることです。新しい所で今まで知らなかった人たちと暮らすのもかなかなか乙なもの。政《まつりごと》の中心が鎌倉に移ったとはいえ、京は学問・文化の中心。全国最高水準の文化を目《ま》の当たりにすることができましょう。京の都には名だたる高僧も大勢おります。この鎌倉でわしなんぞの話を聞くよりも都の高僧から直《じか》に仏の教えをお聞きなされ」

「和尚さまは私をここから追い出したいのですか?」

「ハッハハハ……、いや、まあそんなことは」

「私は和尚さまの仏のお話が好きなのです」

「まあ、姫にそう言っていただければ。それに姫を預っておれば、それだけのお手当てものう」

月念は笑って坊主頭をぼりぼりと掻《か》いた。

その後、月念は部屋で読経をしていた一念を自室へよび、

「どうじゃ、一念。この夏には一度家へ帰ってみては？　母御もきっと会いたがっておられよう」

一念はハッとなった。

「和尚さま、けれども修行がまだ」

「また戻ってきてから励めばよいこと。そのほうが修行にも身が入ろう。最近、そなたは読経をしていても何をしていても心が浮わついているように見えるのじゃ。何か修行に打ち込めない気になることがあるのではないかな」

一念は下を向いた。

一念の実家は海沿いの小道を半日ほど歩き、そこから少し山道を入った小さな山村にあった。一念には姉と妹がいたが、姉に婿《むこ》をとり姉夫婦が中心となって田畑の仕事をやっていた。月念は言った。

「のう、一念。母御がそなたをわしのもとへ預けようと思ったのは、なみなみならぬ

決意。そこそこ豊かな農民とはいっても、そなたをそのままで終わらせたくなかったのであろう。ひとかどの僧侶となれば、武士、公家たちとも対等の立場で話すことも夢ではない。自分の修行次第では何とでもなるのじゃ。母御の期待を重荷と感じることもあるかもしれぬが、その母御の期待を御身《おんみ》全身で感じてくるがよかろう。母御のもとでおおいに心身を休めておいで」

一念は当惑したような表情を浮かべていた。月念は穏やかな眼差しで一念を見て、

「そしてよく考えてみることじゃ。そうすればまた新しい気持ちで修行に打ち込めよう。そうじゃ、駄賃をあげよう」

月念は小机の引き出しから銅銭を取り出し、

「これは少ないが母御に何かみやげでも」

と、一念の手に握らせた。

「和尚さま」

一念はうつむいたまま銅銭を受け取った。

数日後、月念は同じ宗派の高僧が亡くなったので、その葬儀のため昼前から出かけようとしていた。その寺はかなり遠くにあり、今夜はそこへ泊まるのだという。月念は玄関で草履《ぞうり》を履こうとしていた。その後ろには見送りのため、大姫と一念が座っていた。月念は急に胃の辺りを押さえ「ウッ」と声を出した。

「和尚さま？」

大姫が心配そうに声をかけた。

「いや、昨夜から胃がしくしく痛んでの。飲み過ぎじゃろう。葬儀に出るのは見合わせようかとも思ったが、弔辞を読むことになっておっての」

だが、月念の肉付きのよい赭《あか》ら顔はとてもそんな風《ふう》には見えなかった。月念は続けた。

「わしももういつ死んでもおかしくない年じゃ。わしよりかなり若い者でもすでに鬼籍に入っている者も数多い。若い頃にはそれほどでもなかったが、この年になるとやっと命の重みが感じられるようになった気がするのじゃ。そんなふうに思うのは、わしにお迎えが来るのもそう遠い日ではないせいなのかもしれぬ」

「和尚さま、そんなことは仰せにならないでください」

大姫は少し悲しそうに言った。月念は一念のほうを振り返り、

「そうじゃ、一念、明日は家へ帰るのじゃったな？」

「はい……」

一念は下を向いたまま答えた。

「何日でも居てくるがよい。また修行に励もうという気力が十分わいたら戻っておいで。母御によろしくな」

月念はそれから大姫のほうを向いて言った。

「姫も明日は件《くだん》の話で、御所へよばれておるのじゃったな？　御所さまと御台さまへはなるべく色よい返事をのう」

大姫はうつむくように下を向いたが、それは肯定してうなずいたようにも、また拒むようにも見えた。月念はいきなり自分の頬をピシャッとたたいた。大姫と一念は驚いたが、月念はハッハハと笑い、

「そろそろ蚊が出てきおったの。南無阿弥陀仏」

法衣の膝の辺りに落ちた蚊を指でつまんで、玄関の土間に棄てた。

「これから本格的な夏になると、それこそ何十匹、何百匹もの蚊が、わしらの血を求めてくる。我々は何匹かの蚊に食われ、また何匹かの蚊をたたき殺す。自分の仲間が人の手でたたき殺されるのを目の当たりに見ているのに、それでも人を襲ってくるのじゃからのう。蚊もそれなりに生きることに一生懸命、死に物狂いなのじゃなあ。されば、わしらも蚊一匹といえども真摯《しんし》に対応せねばならぬのう」

大姫と一念は、月念を一心に見ていた。

「わしは肉が好きでの。先日も隠れて檀家の者から猪の肉をもらって食べたがうまいもんじゃ。じゃが、人が猪の肉を食うたからといって、人のほうが猪より偉いというわけではない。むしろわしは猪に食べさせてもらったのだ。だから、わしは猪に感謝して猪の肉を食べる。食うものと食われるもの、殺すものと殺されるもの、それはどちらが偉いとか強いとかいうことではなく、ただ天地の成り行きなのだ」

月念はいつになく真剣な眼差しを二人に向けていた。

「姫、一念、よく聞くがいい。あの世などというものはない。あの世というのはあの世があってほしい、そう信じたい人の心がなせるもの、人々の希《ねが》いなのじゃ。死んでしまえばそれまでぞ。あの世とは自分の心の中に自分がつくり出し初めて意味を持つもの。また結局はただそれだけの意味しか持たぬものなのじゃ」

「とてもお坊さまのお言葉とは思えませぬ」

大姫にそう言われ月念は照れたように笑った。

「いや、出がけにとんだ長話をしてしまったの」

それから月念はやっとでかけて行った。


竜口寺はしんと静まり返っていた。広い寺院の内部には今は大姫と一念の二人しかいなかった。二人は寺の奥の大姫の一室にいた。障子が開け放たれ、裏山の雑木林とその上に奥深く拡がる大空が見えた。大姫は警護の武士が来る前に決行しようと決めていた。夜になる前に屈強の警護の武士が二、三名来ることになっていた。大姫は一念を見つめ、

「一念」

「はい」

一念は身のひきしまる思いがした。

「和尚さまは『あの世とは自分の心の中につくり出すもの』と言われましたが、それならば私たち二人の心の中にあの世をつくり出しましょう。二人のあの世を。分けへだて身分の差別などなく、人が人に対する想いを遂げることのできる世を。そしてそういうあの世で私たちは永遠《とわ》に添い遂げましょう」

一念は微かにうなずいた。大姫は話を進めようと思った。

「どうやりましょう。竜ヶ崎の岸壁から二人で海へ飛び込みましょうか?」

竜ヶ崎で海に飛び込み水死する件はこれまで何度もあった。一人で飛び込む者もあれば、男女心中、母子心中の場合もあった。半年ほど前には一家五人で冬の海に飛び込んだ件もあった。竜ヶ崎の絶壁の下は底が掘り込んだように深く、また潮流の方向のせいか、海中の地形のせいかいつも波が荒く渦巻いていた。尖った岩がところどころ海面から露出していた。これまで竜ヶ崎から飛び込んで助かった者は一人もいなかった。一念は具体的にどうやって心中するかという話になってきて喉が渇くのを覚えた。

「それとも」

大姫は自分の胸の帯に日頃から護身用に差している懐剣に目をやった。

「そなたがこれで私の胸を突き刺し、あの世へ送ってくれますか？　そして、そのあとご自分の始末を」

「私が姫を刺し殺すのですか？」

一念は大姫の胸の懐剣を見つめ、すうっと血の気がひいた。

「逆でもよいのでしょうが、私の細腕でそなたを死に至らしめるのはなかなか難しいことかと」

そう言ったあと、大姫はハッとなって一念を見つめた。一念の大きな身体が静かに震え始めていた。大姫はふっと悲しそうに微笑んだ。図体は大姫より二回りも大きいが、歳は大姫より二つ下のわずか十七歳である。一念の震え出した身体は止まらず、ガタガタとますます大きくなっていった。大姫は一念の手を取って言った。

「一念、よい、もうよいのですよ。そなたは生きなさい。三途の川を渡るのは私一人でよい。そなたには心配してくれる母御も」

大姫はすでに七歳の時、父も母もなき者と心に決めた。大姫は震えている一念を抱きしめた。一念は「姫、申し訳ない。お許しください」と、何度も何度も繰り返しボロボロと涙をこぼした。

一念は由比ヶ浜の砂浜を子どものようにワァーワァー泣きながら走った。何回も転んでは苦い砂を噛み、また立ち上がって走った。疲れ果て砂浜に座り込むと、荒い波が押し寄せ、バシャッと一念の身体にかかった。貝殻を拾い意味もなく手の中で弄《もてあそ》んだ。月念から貰った銅銭を懐から取り出し、海の彼方へ投げ棄てた。

一念はもう故郷へ帰るよりしようがないだろうと思った。ひとかどの僧侶になることを願っている母の顔が脳裏にちらついた。だが、もう寺には戻るまいと一念は思った。

海沿いの小道を故郷へ向かって一念はとぼとぼと歩いていた。陽はまだ高かった。母や姉妹に会ったとき、どんな顔をすればよいのだろうと一念は思った。

その時だった。突然、鳥のすさまじい鳴き声を聞いた。一念は声がした近くの松林の中へ入って行った。激しい羽音が間近に聞こえ、見ると草叢《くさむら》の中で大鷹がつがいの鳩を襲っているのだった。雌鳩は肉が裂け腹わたが少し飛び出していた。辺りは真紅《まっか》に血で染まっている。瀕死の重傷の雌鳩をかばい、雄鳩は必死に立ち向かっていた。一念はしばらくその様子を見ていたが、側に太い木の枝が落ちているのを見てとると、夢中でその枝をつかみ、大鷹に殴りかかっていった。大鷹はギョエーッというすさまじい鳴き声をあげ、振り返り羽を広げた。一念は恐怖で身がすくんだ。羽を広げた大鷹は一念を丸ごと包み込んでしまうほど大きく、その両眼は赤く血走っていた。一念もまた負けじと大声を出し再び木の枝を振りかぶった。と、大鷹は地を蹴り、羽を激しく羽ばたかせ襲いかかって来るかに見えた。木の枝を構え前に進もうとしたその時、一念はつまずいて転んでしまった。その瞬間、大鷹は一念の頭上を飛び越え上空に高く舞い上がった。なおも大鷹は何回も大きく空を旋回していた。やがてやっとあきらめたのか、空の彼方へと飛び去って行った。

その後、一念はすぐに鳩の方へ行ってみた。すでに息絶えている雌鳩の側で雄鳩はクックと鳴きながら頭をすり寄せていた。雄鳩自身も瀕死の重傷なのだろう、クックと鳴く声もしだいにか細くなった。やがて、ひくひくと震えると全く動かなくなった。一念はその雄鳩と雌鳩を両手でそっと包んだ。つがいの鳩の亡骸《なきがら》を穴を掘って埋めてやろうと辺りを見ると、近くに鳩の巣が落ちていた。見ると中には割れた卵があり、卵の黄身のところにはすでに血液の流れがすじのように赤く浮き立っていた。大鷹はおそらくこの卵を狙ったのだろう。それにしても鳩は適《かな》うはずもない大鷹に立ち向かっていったのである。つがいの鳩は守るべきもののために戦い傷つき、死んでいったのだ。一念はしばらくその鳩の亡骸をじっと見ていた。

雑木林の緑の枝葉から木洩れ日が射している。大姫は一室で、心を落ち着かせようと写経をしていた。大姫は今、一人静寂の中にいた。ふと顔を上げ、かすかに揺れる枝葉を見て、今はただ一人あの世へ旅立とうと改めて大姫は覚悟した。一念はもう寺へは戻って来ないつもりなのかもしれないと大姫はふと思った。今頃どこに居るのか、あるいは故郷へ帰るつもりなのだろうか。大姫はきちんと座り直し小机の上の横笛を取り上げた。大姫が横笛に口を当てると、清澄な音色が響き始めた。一念にもこの音が届けと大姫は適わぬ想いを笛に託した。笛の音は時に静かに、また時に激しく鳴り渡った。大姫は吹き終わると姿勢を正し、そのまましばらくじっとしていた。それから立ち上がり障子を閉めた。再び小机の前に戻って来ると、大姫は細ひもで自分の細い足首をきつく縛りあげた。再びきちんと座り直し、大姫は帯から懐剣を取り出し前に置き一瞬目を瞑《つむ》った。それから懐剣を抜き放ち見つめた。懐剣は美しくキラキラと輝いている。大姫は両手で懐剣を握りしめ喉へつけた。大姫の手が微かに震えた。大姫はふっと息をのみ、再び両手で懐剣を握り直した。心を落ち着かせ一気に喉を突こうとしたまさにその時、突然、障子がガラッと開いた。大姫は驚いて振り返った。一念だった。

「姫、しばらくお待ちください。私も一緒に」

一念は飛び込んで来ると、素早く大姫から懐剣をもぎとり、驚いて見ている大姫に言った。

「姫、負けると分かっている戦いでも戦わねばならぬこともあります。死んでこそ生きるということもありましょう。姫一人で逝《い》かせはしません。私も一緒に。それでこそ意義のある死ともなります」

大姫は一念を見つめ微笑んだ。それから一念を引き寄せ、強く抱きしめ言った。

「馬鹿ね、戻って来るなんて」

大姫の目から熱い涙が溢れた。思えば義高が殺害されたときに涙涸れ果てるまで泣いた後、この十三年間大姫は一度も涙を流したことがなかった。一念はさらに、

「姫も言っておられたではありませんか。男と女子《おなご》の間には年の差も身分の差もないと。このまま御所さまたちの考え通り流されていけば世の中何も変わることはありません。私たちがその流れに死をもって逆らえば、いつの日かきっと私たちの想いが通じる時代《よ》もやって来ましょう。その先がけとなれるなら私たちの死も決して無駄ではありません」

風が強くなってきたのか、開けたままの障子がカタカタ鳴った。一念は急いで立ち上がり障子をピシッと閉めた。戻ると一念と大姫は再びぴったりと抱き合った。一念はぎごちなく大姫の前をはだけ、白く硬い乳房に顔を埋めた。大姫は一念の頭を手で

愛《いとお》しく撫で、それから自ら初めて帯を解いた。樹々がザワザワッと騒ぐ音を聞きながら、二人はしんしんと燃えていった。

外では雲が次から次へと湧き起こり、渦巻くように大空を流れていた。

大姫と一念が竜口寺の門を出たとき、陽は大きく西へ傾きかけていた。風はますます強くなり雲はうねるように流れていった。二人はなるべく人目につかないように裏道を通って竜ヶ崎を目指した。何人かの通行人に出あったが、将軍家の娘とはいってもほとんど外に出ない大姫の顔を町人や農民で知っている者はあまりいないはずだった。

大姫と一念は潮の香のする海岸の小道をひたひたと歩いて行った。道の片側は茄子《なす》やきゅうりの野菜畑になっていた。ゴーッゴーッという風の音と荒い波の音が不思議に調和し激しい調べを奏でていた。陽はあと半時もしないうちに海に沈んでしまいそうに見えた。一刻も早く竜ヶ崎へと大姫は思った。

「一念、急ぎましょう」

二人は少し急ぎ足になった。

やがて二人は小高い小さな山のようになっている所へ来た。この向こうが竜ヶ崎である。二人は細い山道を登って行った。山道はうねるようにして上へと向かい、海はすぐに見えなくなった。鬱蒼《うっそう》と樹木が茂り、すうっと涼しくなった。樹木の上の方は風にうなり声をあげ、一方、歩いて行く前方には腰のあたりまで熊笹が繁茂していた。

「姫、手を切らないように」

一念は前に立って熊笹をかき分けるようにして歩いた。しばらく歩くと、道の片側が大きく崩れ下は深い崖となり幾つもの大きな岩が見えた。二人は山側の蔦《つた》につかまり、強風にあおられながらもやっとの思いで向こう側へ渡った。山道はまた険しくなってきて、二人とも息づかいが荒くなり始めた。と思うと、急に前が開け海が見えた。

「姫、海が」

灌木《かんぼく》や草木を押し分けさらに進むと広く平たい岩の上に出た。大姫と一念は手を取り合った。心なしか風は少し弱まったようで、雲もゆったりと流れているように見えた。

「鴎《かもめ》が飛んでいる」

大姫が言った。海の彼方に沈み始めた大きな夕陽の上を鴎が二羽大きく旋回していた。

「一念、いつの日か私たちもあの鴎たちのように」

一念は大きくうなずいた。大姫の長い黒髪が微かに風に揺れ、夕陽が大姫の横顔を照らしていた。二人はしばらく大きく弧を描いて飛ぶ鴎を恍惚《こうこつ》として見ていた。それから二人は岩の先端まで行き下を見下ろした。下は千尋《せんじん》もありそうな高い絶壁となっていた。荒波が岸壁へ高く打ちつけ砕け散った。蒼黒い潮が、竜がのたうちまわるように渦巻き、時々パカッと大きな口を開けた。大姫は一念を見つめ静かに微笑んだ。一念も大姫を見つめうなずいた。大姫と一念は震える身体を近寄せしっかりと抱き合った。次の瞬間、二人は地を思い切り蹴って大空へ飛翔した。固く抱き合った二人の身体は一瞬空高く静止したかに見え、それから大きな夕陽の中をゆっくりと落ちていった。

数日後、大姫と一念の遺骸が由比ヶ浜に打ち上げられた。その報《しら》せを聞いた北条政子は失神し、その後十日ほど寝込んでしまった。雪ヶ下の愛人宅で酒を飲んでいた源頼朝は激怒し立ち上がると銚子を壁へ投げつけ、そのあと号泣したが全て後の祭だった。すぐに御家人や配下の者たちに緘口令《かんこうれい》が敷かれた。朝廷へは大姫は突然の熱病で急死したと報告された。月念はそのまま竜口寺の住職であることは認められたが、鎌倉での重要な役職は全て解かれた。一念の実家へは急病のため急死とだけ報告された。

その後、頼朝はますます深酒に耽《ふけ》るようになり、しだいに前ほど政《まつりごと》に熱意を持たなくなった。そして大姫の亡くなった翌年、相模川の橋供養の帰途落馬したのが元で、その翌年の年明けに亡くなった。享年五十二歳。

こうして、大姫と一念の心中事件はなかったものとして永遠に闇に葬られた。時に一念十七歳一カ月、大姫は十九歳三カ月の若さであった。

著者プロフィール

奥沢 拓（おくさわ たく）

本名・小栗哲至（おぐり てつし）
版画家（木版）・詩人
著書『詩集 こんな母ですが』（土曜美術社出版販売 2000年）
『花の版画集 漢字の詩 悲しいという字は』（土曜美術社出版販売 2007年）

大姫と義高

2008年2月15日　初版第1刷発行

著　者　奥沢 拓
発行者　瓜谷 綱延
発行所　株式会社文芸社
〒160-0022 東京都新宿区新宿1－10－1
電話 03-5369-3060（編集）
03-5369-2299（販売）

印刷所　株式会社フクイン

ISBN978-4-286-04224-4